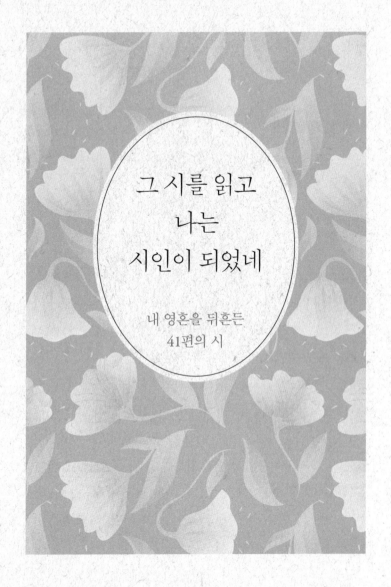

그 시를 읽고
나는
시인이 되었네

내 영혼을 뒤흔든
41편의 시

이종민 엮음

모악

서문에 대신하여

최원식

(문학평론가, 인하대 명예교수)

1.

코로나로 폭염으로 지친 지난 7월 하순 한 통의 이메일을 받았다. "전북대학교 이종민입니다. 하도 오랫만이라 기억하실지 모르겠습니다." 이종민 교수는 내게 "하늘 끝도 마치 가까운 이웃(天涯若比隣)"이다. 인천과 전주 사이가 비록 천애는 아니겠지만 만나지 못하면 다름없으매, 그래도 '아, 전주에는 이종민 형이 있지' 하면 부산의 조갑상 형이 그러하듯 기이하게도 안심이 되곤 했다.

이종민 형과의 사귐은 벌써 30여 년 전의 일이다. 아마도 1993년 여름, 나는 동백사의 초대로 전주에 갔다. 동백사는 동학백주년기념사업회의 준말이다. 갑오농민전쟁 100년이 되는 1994년을 앞두고 전주의 시민들이 나선 이 단체는 지금 생각해도 대단했다. 전주에서의 강연보다 다음 날부터 이루진 동학 답사가 몸통이다. 고창 선운사 미륵암으로부터, 고부의 말목장터와 만석보와 백산으로, 다시 정읍 황토현을 거쳐 마침내 집강소의 전주에 이르기까지, 녹두장군과 농민군의 흔적을 추보하면서 나는 비로소 갑오농민전쟁이 역사에서 걸어나오는 모습을 부윰하게나마 목격한바, 백산이 그중 백미다. 앉으면 죽산이요 서면 백산이라는 이 유명한 산은 사실 작은 언덕이다. 그렇다고 깔볼 산은 아니다. 산정까지 올라가는데 나로서는 꽤 까다로왔고 올라보니 사방이 탁 트인 넓은 들인지라 과연 대장 산이다. 그런데 놀랍게도 업자가 백산을 훼손하고 있었다. 동백사는 백산 파괴를 저지하는 운동까지 함께 전개하매, 그냥 바리케이드만 지키는 것이 아니라, 역사를 밟음으로써 충실히 역사를 살아내는 방법을 취한 동백사는 내게 지역운동의 텍스트였다. 낙수(落穗)지만 그때 이종민 교수가 전북대 사회학과의 박명규 교수를 소개한 것도 인연이거니와, 여러 모로 전주 여행은 내 삶을 규정했다.

이종민 교수가 어느덧 준사(竣事)란다. 무사히(?) 정년을 맞은 것은 전주의 명예로서 진정 축하할 일이지만, 한편 이런 고비들은 후배와 제자 들에게 민폐 되기 십상인데, 그는 이 함정을 멋진 나눔으로 바꾸었다. 한국을 대표하는 마흔한 분의 시인에게서 옥고를 받아 전주의 출판사 모악에서 시가 있는 산문집을 출판하는 아이디어인데, 출판은 이 형 책임인 모양이다. 박명규 교수도 최근 자신의 글씨를 제자와 후배 들에게 나누는 것으로 서울대 정년퇴임을 가름했다는 아름다운 소식을 들었던 터라, 이 교수의 자축 또한 기쁘다. 이러매 내가 책머리 더럽히는 일을 어찌 사양할 수 있으랴.

2.

모악에서 보내온 원고뭉치를 보매, 벌써 다 앉힌 셈이다. 이종민 엮음,『그 시를 읽고 나는 시인이 되었네―내 영혼을 뒤흔든

41편의 시』. 첫 페이지를 연즉 시나브로 마지막 페이지다. 편편이 재미있고 유익했다. 편히 앉아서 시인이 탄생하는 순간들이 주마 등처럼 영롱한 한국 현대시의 내면을 엿보매, 그 순간들이 그대로 문학사적 바통 터치란 점이야말로 뜻깊다. 더욱이 국내외의 유명 한 시들도 덤으로 읽게 되니, 공부도 이런 즐거운 공부가 없던 것 이다.

이미 알던 시인들을 새로이 알게 된 것이 무엇보다 기쁘다. 가령 맨 앞에 실린 김용택 시인은 자작시 「안녕, 피츠버그, 그리고 책」을 내세웠는데, 나는 처음에 외국시인 줄 알았다. 섬진강의 시인 김용 택이 "세상에 대한 응석과 아부가 없"는 쨍쨍한 정오의 시를 쓰다 니, 반칙도 얼마든지 용서다. "이 시로 시인의 길에 들어섰다"는 선 언이 앞으로 어떻게 실현될지 벌써 궁금하거니와, 요절한 기형도 시인의 초상을 1980년대 신촌 문청들의 생태 안에서 생생하게 복 원한 정끝별 시인의 산문은 단연 최고다. 기형도로 가기 위한 1급 의 문헌이 아닐 수 없다. 『한라산』의 시인 이산하를 변별한 김완준 시인의 글도 이 산문집을 마무리하는 화룡점정(畫龍點睛)이다. 조 태일 시인의 그림자 탓인지 신촌보다 훨씬 급진적인 1980년대 경 희대 문청을 대표하는 이산하의 면모를 발치에서 발견해가는 이 산문으로 나는 비로소 이산하 시인의 진면목에 각성한바, 새 시집 『악의 평범성』의 감명이 나변(那邊)에 있을지를 다시 짐작한다.

이미 잘 알려진 시를 새로 해석하는 산문들도 자미롭다. 백석의 시에 감전한 경험을 서술하는 것이 곧 시에 대한 새로운 해석으로 되는 안상학 시인의 산문이 눈에 든다. 백석의 「흰 바람벽이 있어」 를 자신으로부터 미루어 짚어나간 이 글 역시 공감적이다. 안상학은 당신 몸으로 깨달은 것만 사자후하던 전강 선사처럼 시에 직핍한다. 이 시의 열쇠라 할 "가난하고 외롭고 높고 쓸쓸하니"에서 '높고'가 나머지 '가난하고 외롭고 쓸쓸한' 세 기운을 거느림으로써 슬픔으로 슬픔을 다스리는 이 시의 마술이 작동한다는 것이매 백석 시학의 어떤 본질에 닿은 것이겠다.

가려진 시인을 다시 드러내는 산문도 유익하다. 이시영 시인의 김종삼 재평가는 문학사적이다. 예컨대 해주에서 바다를 넘어 월남하는 어느 가족의 비극을 절제적으로 점묘한 김종삼의 「민간인」이 당대의 그 어떤 민중시보다도 뛰어나다는 지적은 예리하다. 간과에 대한 부채의식으로 또 과장해서는 안되겠지만 김종삼의 시적 성취를 실사구시적으로 분별해 평가한 그의 산문은 문학사가들이 새겨야 할 금언일 테다.

물론 이 산문집의 본령은 특정 시와의 극적인 해후의 순간을 포착한 데 있다. 그 스파크로 숨은 시인이 깨어나는 과정이란 마치 선탈(蟬脫)처럼 신비롭거늘, 장철문 시인의 경우야말로 극적이다. 회수권이 없어 상계동에서 태릉 입구까지 걸어서 밤늦어 귀가한 고3에게 펜치로 채널을 돌려야 겨우 바랜 사진 같은 화면이 서걱대는 텔레비전에서 흘러나오는 천상병 시인의 시 한편에 꽂힌 경험을 누룩처럼 묵색이는 변신담은 차라리 괴담이다. 이에 비하면 이동순 시인과 신석정의 해후는 의외였다. 어린 이동순에게 석정의 목가가 어머니의 부재를 언어적 재림으로 보상하는 역할을 했다손쳐도 무덤에서 아들에게 쓰는 편지의 형식을 취한 이동순의 절창 「서흥김씨내간」과는 천양지차이기 때문이다. 아마도 이는 감상(感傷)이 이룬 가장 강력한 시적 변용이 아닐까 싶거니와, 이 산문집의 편편들은 가장 비천한 곳에서도 가장 고귀한 인간적 진실을 길어올리는 시가 바로 그 때문에 사람도 건져낼 수 있음을 눈부시게 증언한다. 시는 과연 무용지용(無用之用)의 왕관이다.

끝으로 천양희 시인 덕에 알게 된 랭스턴 휴즈의 「할렘강 환상곡」을 함께 읽고 싶다. 마침 이종민 교수의 홈페이지에 원문이 실려 있어 이에 인용한다.

Reverie on the Harlem River

Langston Hughes

Did you ever go down to the river–
Two a.m. midnight by yourself?
Sit down by the river
And wonder what you got left?

Did you ever think about your mother?
Got bless her, dead and gone!
Did you ever think about your sweetheart
And wish she'd never been born?

Down on the Harlem River:
Two a.m.
Midnight!

By yourself!

Lawd, I wish I could die–

But who would miss me if I left?

강으로 내려가 본 적이 있는가

새벽 두시에 홀로

강가에 앉아

버림받은 기분에 젖어본 적이 있는가

어머니에 대해 생각해본 적이 있는가

이미 돌아가신 어머니, 신이여 축복하소서

사랑하는 이에 대해 생각해본 적이 있는가

그녀가 태어나지 말았기를 바란 적이 있는가

할렘강으로의 나들이

새벽 두시

한밤중

홀로

신이여, 나 죽고만 싶어요

하지만 나 죽은들 누가 서운해 할까

차
례

안녕, 피츠버그 그리고 책

김용택*

안녕, 아빠.

지금 나는 버스를 기다리고 있어.

마치 시 같다.

버스를 기다리고 서 있는 모습이

한 그루의 나무 같다.

잔디와 나무가 있는 집들은 멀리 있고,

햇살과 바람과 하얀 낮달이 네 마음속을 지나는

소리가 들린다.

한 그루의 나무가 세상에 서 있기까지

얼마나 많은 것들을 잃고 또 잊어야 하는지.

비명의 출구를 알고 있는

나뭇가지들은 안심 속에 갇힌

---

* 1982년 시인으로 등단했다. 시집 『섬진강』 『맑은 날』 『꽃산 가는 길』 『강 같은 세월』 『그 여자네 집』 『나무』 『키스를 원하지 않는 입술』 『울고 들어온 너에게』 『나비가 숨은 어린 나무』, 산문집 『김용택의 섬진강 이야기』(전8권) 『심심한 날의 오후 다섯 시』 『나는 당신이 어떤 사람인지 알면, 좋겠어요』, 동시집 『콩, 너는 죽었다』 외 여러 권을 펴냈다. 김수영문학상, 소월시문학상 등을 수상했다.

지루한 서정 같지만

몸부림의 속도는 바람이 가져다준 것이 아니라

내부의 소리다. 사람들의 내일은 불투명하고,

나무들은 계획적이다.

정면으로 꽃을 피우지.

나무들은 사방이 정면이야, 아빠.

아빠, 세상의 모든 말들이

실은 하나로 집결 되는 눈부신

행진에 참가할 날이 내게도 올까.

뿌리가 캄캄한 땅속을 헤집고 뻗어가듯이

달이 행로를 찾아 언 강물을 지나가듯이

비상은 새들의 것.

정돈은 나무가 한다. 혼란 속에 서 있는 나무들은

마치 반성 직전의 시인 같아. 엄마가 그러는데

아빠 머릿속은 평생 복잡할 거래.

머릿속이 복잡해 보이면

아빠의 눈빛은 집중적이래

집중은 현실과 상황을 지우고 직진할 때가 있어.

아빠,

피츠버그에 사는 언니의 삶은 한 권의 책이야.

책이 쓰러지며 내는 소리와

나무가 쓰러질 때 내는 소리는 달라.

공간의 크기와 시간이 길이가 다르거든.

나무가 쓰러지는 소리가

높은 첨탑이 있는 성당의 종소리처럼 슬프게

온 마을에 퍼진다니까.

폭풍을 기다리는

고요와

적막을

견디어내지 못한 시간들이

잎으로 돋아나지 못할 거야.

나는 가지런하게 서서

버스를 기다려야 해.

이국의 하늘, 아빠,

여기는 내 생의 어디쯤일까?

눈물이 나오려고 해.

버스가

영화 속 장면처럼 나를 데리러 왔어.

아빠는, 엄마는, 또 한 차례

또 한 계절의 창가에 꽃 피고 잎 피는 것에 놀라며

하루가 가겠네.

문득 문득 딸인 나를 생각할지 몰라. 나는 알아.

엄마의 시간, 아빠의 시간, 그리고 나의 시간,

오빠가 걸어 다니는 시간들, 나도 실은 그 속에 있어.

피츠버그에서는 버스가 나무의 물관 속을 지나다니는 물 같이

느려.

피츠버그에 며칠 머문 시간들이

또,

그래.

구름처럼 지나가는

책이 되어.

한 장을 넘기면

한 장은 접히고

다른 이유가, 다른 이야기가 거기 있었지.

책을 책장에 꽂아둔 것 같은

내 하루가 그렇게 정리되었어.

나는 뉴욕으로 갈 거야.

뉴욕은 터득과 깨달음을 기다리는

막 배달된 책더미 같아.

어디에 이르고, 어디에 닿고, 그리고 절망하는 도시야.

끝이면서 처음이고

처음이면서 끝 같아.

외면과 포기보다 불안과 긴장이 좋아.

선택이 싫어. 나는 한쪽으로 넘어지지 않을 거야.

아빠, 나는 고민할 거야.

불을 밝힌 책장 같은 빌딩들,

방황이 사랑이고, 혼돈이 정돈이라는 걸 나도 알아.

도시의 내장은 석유 냄새가 나.

그래도 나는 씩씩하게 살 거야.

난 어디서든 살 수 있어.

시계 초침처럼 떨리는 외로움을 난 보았어.

멀고 먼 하늘의 무심한 얼굴을 보았거든.

비행기 트랩을 오를 거야.

그리고 뉴욕.

인생은 마치 시 같아. 난해한 것들이 정리되고

기껏 정리하고 나면 또 흐트러진다니까. 그렇지만 아빠,

어제의 꿈을 잃어버린 나무같이

바람을 싫어하지는 않을 거야.

내 생각은

멈추었다가 갑자기 달리는 저 푸른 초원의 누 떼 같아.

그리고 정리가 되어 아빠 시처럼 한 그루 나무가 된다니까.

아빠는 시골에서 도시로 오기까지 반백 년이 걸렸지.

난 알아, 아빠가 얼마나 이주를 싫어하는지.

아빠는 언제든지 돌아갈 준비를 하고 있겠지.

갑자기 땅을 밀어내고

자기 자리를 차지해가는 긴장과 이완,

그리고 그 크기는 나의 생각이야.

밤 냄새가 무서워 마루를 통통 구르며 뛰어가 아빠 이불 속에

시린 발을 밀어 넣으면

아빠는 깜짝 놀랐지.

오빠는 오른쪽, 나는 아빠의 왼쪽에 나란히 엎드려

아빠 책을 보았어.

공항으로 가는 버스에 오를 거야.

아빠, 너무 걱정하지 마.

쓰러지는 것들도, 일어서는 것들처럼

다 균형이 있다는 것을 나도 알아가게 될 거야.

아빠, 삶은 마치 하늘 위에서
수면을 가만히 들여다보고 있는 바람 같아.
안녕, 피츠버그.
내 생의 한 페이지를 넘겨준 피츠버그,
그리고 그리운
아빠.

김용택, 「안녕, 피츠버그 그리고 책」

이 시는 딸의 짧은 문자 편지와 같이 온 사진에서 영향과 영감을 받아 썼다. 평소 딸에게 했던 편지들과 딸이 나에게 했던 말들을 떠올리고 내 생각을 보태 쓴 시이다. 내 시에서는 다소 색다른 시이기도 하다. 한 시인이 동원한 낱말들은 그 시인의 시를 가늠할 수 있을 것이다. 나는 이 시를 써놓고 좋아하였다. 아들도 딸도 아내도 좋아하였다. 나의 시적 지평이 어디까지 일지, 그들은 가늠했을 것이다. 솔직하게 말하자면 나는 이 시를 읽을 때마다 가슴이 떨린다. 나의 시적 사상과 철학과 넓이의 지평을 넓혀갈 수 있는 가능이 담겨 있다고 믿기 때문이다. 더 솔직하게 말하자면, 나는 이 시로 시인의 길에 들어섰다는 생각을 하게 되었고, 시인으로써 부끄러움을 다소 씻을 수 있었다. 이 시에서는 세상에 대한 응석과 아부가 없다. 딸의 생각대로 나는 고향에 돌아왔다. 내가 태어나 자라고 살던 곳이다. 누가 저 달빛이 부서지는 서정의 강을 내게 주었는지, 나는 지금도 강 길을 걸으며 가슴이 벅차다. 나는 어제와 다른 오늘을 가질 수 있는 새로움과 신비로움과 감동을 갖고 태어난 사람이다. 늘 삶의 새로운 페이지에 도착한다.

오늘은 2021년 2월 1일이다. 바람 속에서 개구리 울음 소리들이 아련하게 들린다. 바람이 저 소리를 가져왔다. 바람 속에 가만히 서 있었다.

「안개」에서 「빈집」까지

―기형도의 시 두 편

정끝별*

1

아침 저녁으로 샛강에 자욱히 안개가 낀다.

2

이 읍에 처음 와본 사람은 누구나

거대한 안개의 강을 거쳐야 한다.

앞서간 일행들이 천천히 지워질 때까지

쓸쓸한 가축들처럼 그들은

그 긴 방죽 위에 서 있어야 한다.

문득 저 홀로 안개의 빈 구멍 속에

갇혀 있음을 느끼고 경악할 때까지.

어떤 날은 두꺼운 공중의 종잇장 위에

* 1988년『문학사상』신인발굴에 시, 1994년「동아일보」신춘문예에 평론이 당선되었다.
시집『자작나무 내 인생』『흰 책』『삼천갑자 복사빛』『와락』『은는이가』『봄이고 첨이고
덤입니다』를 펴냈으며 유심작품상, 소월시문학상, 청마문학상, 현대시작품상을 수상했다.

노랗고 딱딱한 태양이 걸릴 때까지
안개의 군단(軍團)은 샛강에서 한 발자국도 이동하지 않는다.
출근길에 늦은 여공들은 깔깔거리며 지나가고
긴 어둠에서 풀려나는 검고 무뚝뚝한 나무들 사이로
아이들은 느릿느릿 새어나오는 것이다.
안개에 익숙하지 않은 사람들은 처음 얼마 동안
보행의 경계심을 늦추는 법이 없지만, 곧 남들처럼
안개 속을 이리저리 뚫고 다닌다. 습관이란
참으로 편리한 것이다. 쉽게 안개와 식구가 되고
멀리 송전탑이 희미한 동체를 들어낼 때까지
그들은 미친 듯이 흘러다닌다.

가끔씩 안개가 끼지 않는 날이면
방죽 위로 걸어가는 얼굴들은 모두 낯설다. 서로를 경계하며
바쁘게 지나가고, 맑고 쓸쓸한 아침들은 그러나
아주 드물다. 이곳은 안개의 성역(聖域)이기 때문이다.

날이 어두워지면 안개는 샛강 위에
한 겹씩 그의 빠른 옷을 벗어놓는다. 순식간에 공기는
희고 딱딱한 액체로 가득 찬다. 그 속으로
식물들, 공장들이 빨려 들어가고
서너 걸음 앞선 한 사내의 반쪽이 안개에 잘린다.

몇 가지 사소한 사건도 있었다.

한밤중에 여직공 하나가 겁탈당했다.
기숙사와 가까운 곳이었으나 그녀의 입이 막히자
그것으로 끝이었다. 지난 겨울엔
방죽 위에서 취객(醉客) 하나가 얼어 죽었다.
바로 곁을 지난 삼륜차는 그것이
쓰레기 더미인 줄 알았다고 했다. 그러나 그것은
개인적인 불행일 뿐, 안개의 탓은 아니다.

안개가 걷히고 정오 가까이
공장의 검은 굴뚝들은 일제히 하늘을 향해
젖은 총신(銃身)을 겨눈다. 상처입은 몇몇 사내들은
험악한 욕설을 해대며 이 폐수의 고장을 떠나갔지만
재빨리 사람들의 기억에서 밀려났다. 그 누구도
다시 읍으로 돌아온 사람은 없었기 때문이다.

3
아침 저녁으로 샛강에 자욱이 안개가 낀다.
안개는 그 읍의 명물이다.
누구나 조금씩 안개의 주식을 갖고 있다.
여공들의 얼굴은 희고 아름다우며
아이들은 무럭무럭 자라 모두들 공장으로 간다.

기형도, 「안개」

1984년 12월 초 백마 「화사랑」에서 문청 기형도가 낭송했던 시다. 겨울방학을 시작하자마자 이대·연대·고대문학회 정기 공동 시낭송회가 열렸고, 행사가 끝날 즈음 낭송시집에는 실리지 않았으나 자유롭게 무대에 올라 시를 낭송하는 시간이었다. 졸업을 앞두고 갓 수습기자가 된 기형도 선배가 무대에 올랐다. 나는 고작 2학년이었고, 그는 이웃 대학의 선배인 데다 군복무와 복학과 취업 준비 중이었기에 멀리서 한두 번 본 게 전부였다. 낭송에만 의지해 들었던 그때 그 시의 느낌은 아주 길었다는 것, 서정적인 소설의 한 장면 같았다는 것, 비유와 이미지들이 많았다는 것, 어둡고 침울한 분위기였다는 것. 선배들의 평은 엇갈렸다. "아름답네", "절망할 때조차 놓지 않는 수사라니……". 낭송이 끝나고 기형도 선배와 성석제 선배가 「Perhaps Love」를 듀엣으로 불렀다. 함께 기타를 쳤던가, 성석제 선배만 쳤던가.

이듬해 새해는 기형도 선배의 등단 소식과 함께 시작했다. 지난 낭송회에서 들었던 시였다. 같은 시였음에도, 등단 이전에 들었던 「안개」와 등단 후 지면으로 봤던 「안개」는 전혀 다르게 읽혔다. 습작시가 등단시가 될 수 있다는 사실을 처음 깨닫게 해주었다고나 할까. 그러니까 내게 기형도 선배는 등단이라는 걸 실감나게 해준, 내가 아는 문청들 중 가장 먼저 등단한, 습작시 형태로 등단작과 시집의 시들을 먼저 듣게 해준 최초의 시인이었다. 딸각, 하고 시의 자물쇠가 하나 열렸다. 그리고 그즈음 나는 시에 불타오르고 있었다. 그러니 동아리문집이나 문예지, 동인지 등에 발표되는 그의 시를 찾아 읽고 옮겨 쓰고 흉내 냈던 건 당연한 일이었다.

1987년 12월 초였다. '신춘문예 투고작'이라 쓴 친구의 서류봉투 표지를 본 그날 부랴부랴 집으로 돌아와 2벌식 크로바 타자기로 그동안 썼던 시들을 다시 쳤다. 난생 처음 신춘문예에 투고하기 위해서였다. 기형도 선배가 기자로 있다는 「중앙일보」가 익숙했다. 마감 직전이라 직접 방문투고를 해야 했다. 호암아트홀 2층이었는지 3층이었는지, 중앙일보사 편집부를 찾아갔다. 입구 쪽에 앉아 있던 직원 하나가 사무실 문 앞의 박스를 가리키며 거기에 놓고 가라고 했다. 쌓인 봉투들 사이에 내 봉투를 놓고 돌아서자니 한없이 초라해졌다. 우연을 남발하는 드라마처럼, 그때 화장실에라도 다녀오는지 실내복 차림의 기형도 선배가 반대편 복도에서 걸어오고 있었다. 살이 조금 쪄 보였다. 자동 반사처럼 몸을 틀었고, 졸속의 투고를 후회하고 후회했다. 나는 겨자씨만 해졌다. 역시나 심사평 한 줄에도 오르지 못했다. 그리고 그때 이후 나는 등단을 준비했다. 겨울방학 내내 작정하고 썼고 개학과 함께 투고할 문예지를 찾았다. 그렇게 덜컥, 『문학사상』 1988년 6월호로 등단했다.

그리고 1989년 3월 초, 원재길 선배를 만났다. 당시 출판사에서 일했던 원재길 선배가 학교에 남아 있는 내게 도서관의 희귀자료 복사를 부탁했다. 약속 시간보다 일찍 도착해서 근처 서점에서 문예지 봄호를 훑어보는데 『문학과사회』에 기형도 선배의 시가 실려 있었다.

사랑을 잃고 나는 쓰네

잘 있거라, 짧았던 밤들아
창밖을 떠돌던 겨울안개들아
아무것도 모르던 촛불들아, 잘 있거라

공포를 기다리던 흰 종이들아

망설임을 대신하던 눈물들아

잘 있거라, 더 이상 내 것이 아닌 열망들아

장님처럼 나 이제 더듬거리며 문을 잠그네

가엾은 내 사랑 빈집에 갇혔네

기형도, 「빈집」

느낌이 싸했다. 기형도 선배의 전매특허였던 길고 화려한 수사들이 싹 가신 채 너무 짧고 너무 투명했다. 뭐지? 원재길 선배를 만나자마자 기형도 선배의 시 얘기를 했다. 원재길, 성석제, 기형도 선배는 단짝들이었다.

"기형도 선배 시가 물갈이 중인가 봐요, 싹 달라졌어요".

"어떻게?"

"뭔가를 놓은 것 같아요"

"형도가 최근 엄살 병이 도졌어, 며칠 전 밤에도 전화로 내내 징징댔어, 너흰 날 사랑해야 해, 난 뇌졸중(가족력)으로 죽을 거야, 뭐 그런."

그리고 일주일 후 기형도 선배의 부음 소식을 들었다. 빈소가 마련된 첫날 저녁에 몇몇 선배들과 적십자병원 장례식장에 갔다. 한쪽에선 토하고 한쪽에선 울고 한쪽에선 소리를 지르고. 낯설고 어둡고 황망한 장례식장 밖의 풍경이었다. 어떻게 조문했는지 장례식장 안의 풍경은 기억에 남아 있지 않다. 「빈집」은 내게 그렇게 남았고 후일 이렇게 풀려나왔다.

어릴 적부터 살던 집에서 이사를 계획하고 쓰였다는 후일담도 있지만 이 시는 사랑의 상실을 노래하고 있다. 사랑으로 인해 밤은 짧았고, 짧았던 밤 내내 겨울 안개처럼 창밖을 떠돌기도 하고 촛불 아래 흰 종이를 펼쳐놓은 채 망설이고 망설였으리라. 그 사랑을 잃었을 때 그 모든 것들은 "더 이상 내 것이 아닌 열망"이 되었으리라. 실은 그 모든 것들이 사랑의 대상이었을 것이다. (중략)

"사랑을 잃고 나는 쓰네"라고 나직이 되뇌며 "더 이상 내 것이 아닌 열망들"을 하나씩 불러낸 후 그것들을 떠나보낼 때, 부름의 언어로 발설되었던 그 실연(失戀)의 언어는 시인의 너무 이른 죽음으로 실연(實演)되었던가. 죽기 일주일 전쯤 "나는 뇌졸중으로 죽을지도 몰라"라고 말했다던 그의 사인은 실제로 뇌졸중으로 추정되었다. "나의 영혼은 검은 페이지가 대부분"(「오래된 서적」)이라 했던 그가, 애써, "미안하지만 나는 이제 희망을 노래하련다"(「정거장에서의 충고」)라고 스스로를 울력하기도 했건만.

그가 소설가 성석제와 듀엣으로 불렀던 「Perhaps Love」를 들은 적이 있다. 플라시도 도밍고의 맑은 고음이 그의 몫이었다. "Perhaps, love is like a resting place~"로 시작하던 화려하면서 청량했던 그의 목소리가 떠오른다. "나의 생은 미친 듯이 사랑을 찾아 헤매었으나 / 단 한번도 스스로를 사랑하지 않았노라"(「질투는 나의 힘」)라는 그의 독백도.

「빈집」을 처음 읽으면서 느꼈던 그 싸한 느낌과 이후의 경험은 딸깍, 하고 시의 자물쇠가 하나 더 풀리게 했다. 시를 보는 눈에 자신감이 붙기 시작했고 시에 대해 얘기하고 싶은 문장들이 고였다. 그때 이후 시에서 내가 본 것과 내가 느낀 것들을 나는 글로 풀어내고 싶어졌다. 실제로 평론으로 등단한 직후였던 1995년에 한 문예지로부터 자유 주제로 청탁을 받았을 때 나는 가슴에 묻어둔 이 「빈집」을 디딤돌로 삼아 '시참(詩讖)'이라는, 그러니까 죽음을 예감한 시인들의 마지막 시들이 가진 주술성에 대해 「시의 주술성과 시인의 운명적 선택」이라는 평론을 썼다.

　　이 글은 시인 기형도의 죽음, 그 기억에서부터 출발한다. 운명의 예시나 전조 같은 것이 있었다는 듯, 89년 봄에 발표했던 그의 마지막 시편들은 도처에서 자신의 죽음을 예감한다. 실제로 그의 죽음은 문예지들이 서점에 깔리고 난 일주일 후쯤에 찾아왔다. 이제 막 개화하려는 스물아홉의 나이에, 삼류 심야극장의 한 귀퉁이에서 맞아야 했던 그의 죽음에 "모든 추억은 쉴 곳을 잃었네"(「그집 앞」), "나를 끌고 다녔던 몇 개의 길을 나는 영원히 추방한다"(「그날」), "그는 천천히 얇고 검은 입술을 다문다"(「가수는 입을 다무네」)와 같은 시구절이 없었다면, 실로 그 죽음은 얼마나 어처구니없는 초라함으로 남게 될 것인가. 우연을 필연으로 만들고 있는 이 언어들로 인해 그의 죽음은 '예견'된 것이 되고 신비화되었다.

1985년 1월 1일의 「안개」 이후 나는 시인을 꿈꾸게 되었는지 모른다. 1989년 3월 초의 「빈집」이 나를 평론가로 이끌었는지도 모른다. 왜 그렇지 않던가. 한 다리 건너의 먼빛이 더 밝게 빛나고, 가까운 가족보다 먼 이웃이 갈 길을 인도하기도 하니까.

백석의 「고향」을 읽던 무렵

손택수*

스물다섯에 늦깎이 대학생활을 시작했다. 연극판을 기웃거리다가 철지난 포스터처럼 뜯겨져서 거리를 떠돌아다닌 뒤의 일이었다. 상처투성이였다. 게다가 친구들은 졸업을 준비할 나이였으니 낙오병이라는 자괴감이 없지 않았다.

'그래도 늦은 건 없어. 낙오한 자만이 볼 수 있는 풍경도 있겠지.' 지금도 크게 달라진 것이 없는 나의 낙천주의는 경쟁을 외면하는 습관으로부터 온다. 남쪽 바닷가 소도시의 산골마을에 짐을 푼 나는 무엇보다 만(灣)으로 둘러싸인 바다를 교정으로 거느린 캠퍼스가 좋았다. 산등성이에서 내려다보면 섬을 품은 바다를 산들이 어깨를 걷고 호수처럼 아늑하게 품어주고 있었다. 그 바다가 바로 임화의 시 「현해탄」의 바다였다.

바다가 캠퍼스라면 소라와 게들, 말미잘과 교우관계를 맺으며 시를 쓸 수 있을 것 같았다. 마치 병들어 남행한 임화처럼 나는 치

* 1998년 「한국일보」 신춘문예에 시, 「국제신문」 신춘문예에 동시가 당선되었다. 시집 『호랑이 발자국』 『목련전차』 『나무의 수사학』 『떠도는 먼지들이 빛난다』 등을 펴냈으며 노작문학상, 신동엽문학상, 오늘의젊은예술가상, 임화문학예술상, 조태일문학상을 수상했다.

자향이 좋던 가포와 장지연의 유택이 있던 현동과 덕동 바닷가를 떠돌며 자취생 생활을 하였다. 부러 도시 외곽을 선택해서 버스를 타고 통학을 하는 불편이 있었지만 불편을 복으로 삼을 줄 아는 은자(隱者)의 후예라도 된 것처럼 은근한 긍지가 나를 제법 오똑하게 했다.

강의를 마치면 학교에서 야간 수위 아르바이트를 했다. '근로장학생'이라는 좀 멋쩍은 딱지가 붙은 나의 첫 임지는 대학원이 있는 건물이었다. 청소를 하시던 아주머니들이 퇴근을 하고 나면 아주머니들의 쉼터가 초소로 바뀌었다. 책상 하나와 목제 침상 그리고 낡은 갓등이 있는 오두막에서 나는 틈틈이 책을 읽고 습작을 하였다. 혼자서 하는 습작에 진척이 있을 리 만무했다. 나의 습작방법이란 그저 더 많은 책을 읽고 좋은 시집을 만나면 필사를 해보는 것뿐이었다. 오른쪽 검지에 펜혹이 생길 때까지 필사를 하다 보면 뻐근해오는 어깨에 말의 근육이 생겨나는 것 같았다. 서로 길이가 다른 투수의 팔처럼 나는 글쓰기 신체로 몸을 바꾸는 변신의 고통을 달게 받고 싶었는지 모른다.

나의 수더분한 선임들이었던 정문의 수위 아저씨들은 야경주독하는 모습을 대견스럽게 여기셨던지 출근과 동시에 수위실에 틀어박혀 소설책이나 파고 있는 나의 해태를 매번 눈감아주었다. 뜻밖에 내가 근무를 제대로 서나 안 서나 꼬장꼬장한 잣대를 들고 삼엄하게 감시를 한 선임은 따로 있었다. 학교 연못에 터를 잡은 그는 쉴 틈 없이 순찰을 돌았다. 도르래 소리 같기도 하고 마치 녹슨 철문을 열었다 닫을 때 나는 소리처럼 쳇소리가 나는 그의 독특한 허스키 보이스는 진폭이 꽤나 커서 그가 바로 이 대학의 터줏대감임을 능히 알게 하였다. 하긴, 한밤에 조금이라도 수상한 소리가 나면 득달같이 그 요란한 호각을 불며 출동을 하였으니 내 수위 업무의 태반은 그가 본 것이나 다름없다. 가을밤 창문 밖을 온몸으로 하얗게 후래쉬를 비추며 걷는 그를 보면 적이 안심이 되는 것도 사실이었다. 그는 심지어 깊은 수면에 빠져 있을 때조차 하얗게 깨어 있을 줄 알았다. 경비를 위해 태어난 존재라고나 해야 할까.

그 경이로운 수위 선임은 거위였다. 노을이 지면 나는 뒤뚱거리는 거위와 함께 저물어가는 교정에 가로등을 켰다. 멀리 섬들에도 접선신호처럼 불이 들어오고 하늘에도 개밥바라기별이 켜지면 나의 대학도 어느새 점등인의 별이 되었다. 새벽이면 서리에 으슬으슬 입술을 깨물고 떨고 있는 별들에게 이제 질 때가 되었다는 신호로 스위치를 내리기 위해 눈을 부비며 일어났다. 그때도 거위는 나와 함께였다. 가로등 스위치 오르내리는 소리를 따라 천체가 회전을 하는 것 같았을 때, 늦깎이 대학시절의 열패도 실패로 얼룩진 습작기의 낭패와 가난도 조금은 견딜만한 것으로 바뀌어 갔을 것이다.

수위실에서 나는 짬이 날 때면 대학원생 선배들의 구두를 닦았다. 어느 명절 앞날이었다. 고향 내려갈 준비로 다들 어수선할 때, 식사를 마치고 수위실에 들른 같은 과 조교 선배의 깨어진 구두코가 보기 참 딱했다. 상처에 연고라도 바르듯이 코에 까무스름 구두약을 바르기 시작한 것이 마칠 때쯤 해서는 구두 전체가 유리처럼 반짝거렸다. 아마 내게 세탁기술이라도 있었다면 구겨진 옷주름을 수평선처럼 좍 펴주고 싶었으리라.

그 이후부터 대학원생들의 구두가 수위실을 '구두 병원'으로 만들었다. 소문이 퍼져서 행정실 직원들의 구두까지 순번을 기다리는 일이 일어났다. 생수병을 오려 만든 내 저금통엔 슬며시 놓고 간 지폐들이 모여 한 학기 장학금이 되었다.

어느 날 수위실 문을 두드리는 소리가 났다. 오가는 길에 가끔씩 부딪치던 행정실 직원이었다. 그는 오래 망설이던 말을 겨우 꺼내듯이 수줍게 점심을 같이 들지 않겠느냐고 했다. 영문을 몰라 하는 내게 그는 몇 년간 지켜보았는데 일하면서 공부하느라 고생이 많다고, 동생 같아서 그저 밥을 한 끼 사주고 싶었노라고 했다. 이름도 모르는 사내의 안경 너머에서 오는 그 깊은 눈빛을 나는 거부할 수 없었다. 그 눈빛 속엔 당시 내가 한참 빠져 있던 백석의 「고향」에서 보았던 온기 같은 것이 배어 있었다. 타향에서 혼자 앓아누워 있던 시인이 "의원은 또다시 넌즈시 웃고 / 말없이 팔을 잡어 맥을 보는데 / 손길은 따스하고 부드러워 / 고향도 아버지도 아버지의 친구도 다 있었다"고 노래한 의원의 그 온기 말이다. 나 역시 그의 눈빛에서 떠나온 부모와 고향의 흙냄새를 마주하였으리라.

그날 나는 세상에서 가장 따뜻한 밥을 대접 받았다. 그 '밥심'으로 시를 쓰고 책을 만들며 여기까지 온 것 같다. 물론, 밤새 습작을 하던 내 대신 순찰을 돌던 그 극성스럽던 거위의 고마움도 잊을 수 없다.

나는 북관(北關)에 혼자 앓아 누워서
어느 아침 의원(醫員)을 뵈이었다.
의원은 여래(如來) 같은 상을 하고 관공(關公)의 수염을 드리워서
먼 옛적 어느 나라 신선 같은데

새끼손톱 길게 돋은 손을 내어

묵묵하니 한참 맥을 짚더니

문득 물어 고향(故鄕)이 어데냐 한다

평안도 정주라는 곳이라 한즉

그러면 아무개 씨 고향이란다.

그러면 아무개 씨 아느냐 한즉

의원은 빙긋이 웃음을 띠고

막역지간(莫逆之間)이라며 수염을 쓴다.

나는 아버지로 섬기는 이라 한즉

의원(醫員)은 또다시 넌지시 웃고

말없이 팔을 잡아 맥을 보는데

손길이 따스하고 부드러워

고향도 아버지도 아버지의 친구도 다 있었다.

백석, 「고향(故鄕)」

가난하고 외롭고 높고 쓸쓸하니
—백석의 「흰 바람벽이 있어」

안상학*

오늘 저녁 이 좁다란 방의 흰 바람벽에

어쩐지 쓸쓸한 것만이 오고 간다

이 흰 바람벽에

희미한 십오촉(十五燭) 전등이 지치운 불빛을 내어던지고

때글은 다 낡은 무명샤쓰가 어두운 그림자를 쉬이고

그리고 또 달다단 따끈한 감주나 한잔 먹고 싶다고 생각하는 내

가지가지 외로운 생각이 헤메인다

그런데 이것은 또 어인 일인가

이 흰 바람벽에

내 가난한 늙은 어머니가 있다

내 가난한 늙은 어머니가

* 1988년 「중앙일보」 신춘문예에 시가 당선되었다. 시집 『그대 무사한가』 『안동소주』 『오래된 엽서』 『아배 생각』 『그 사람은 돌아오고 나는 거기 없었네』 『남아 있는 날들은 모두가 내일』, 동시집 『지구를 운전하는 엄마』, 평전 『권종대-통일걸이를 꿈꾼 농투성이』, 시화집 『시의 꽃말을 읽다』 등을 펴냈다. 고산문학대상, 권정생창작기금, 동시마중 작품상, 5·18문학상을 수상했다.

이렇게 시퍼러둥둥하니 추운 날인데 차디찬 물에 손은 담그고 무이며 배추를 씻고 있다

또 내 사랑하는 사람이 있다

내 사랑하는 어여쁜 사람이

어늬 먼 앞대 조용한 개포가의 나즈막한 집에서

그의 지아비와 마주앉어 대구국을 끓여 놓고 저녁을 먹는다

벌써 어린것도 생겨서 옆에 끼고 저녁을 먹는다

그런데 또 이즈막하야 어느 사이엔가

이 흰 바람벽엔

내 쓸쓸한 얼골을 쳐다보며

이러한 글자들이 지나간다

―나는 이 세상에서 가난하고 외롭고 높고 쓸쓸하니 살아가도록 태어났다

그리고 이 세상을 살어가는데

내 가슴은 너무도 많이 뜨거운 것으로 호젓한 것으로 사랑으로 슬픔으로 가득찬다

그리고 이번에는 나를 위로하는 듯이 나를 울력하는 듯이

눈질을 하며 주먹질을 하며 이런 글자들이 지나간다

―하늘이 이 세상을 내일 적에 그가 가장 귀해 하고 사랑하는 것들은 모두

가난하고 외롭고 높고 쓸쓸하니 그리고 언제나 넘치는 사랑과 슬픔 속에 살도록 만드신 것이다

초생달과 바구지꽃과 짝새와 당나귀가 그러하듯이

그리고 또 '프랑시스 쨈'과 도연명(陶淵明)과 '라이넬 마리아 릴

케'가 그러하듯이

백석, 「흰 바람벽이 있어」

백석은 박팔양의 시집 『여수시초(麗水詩抄)』를 읽고 독후감(「만선일보」, 1940년)을 쓴 적이 있다. 이 글에서 그는 시란 무엇인가, 시인이란 어떤 존재인가에 대한 자신의 견해를 밝혔다. 요약하면, 시는 진실로 높고 귀하며 참되고 아름다운 것이고, 시인은 인생을 사랑하고 생명을 아끼는 영혼의 소유자이기 때문에 항상 높은 시름과 높은 슬픔이 뒤따르기 마련이라는 것이다. 심지어는 슬프지 않은 것까지 슬픔으로 어루만질 줄 아는 슬픈 존재라는 것이다. 또 모름지기 시인이라면 마음속에서 시가 생겨날 때의 반가움과 사라질 때의 서러움 사이를 왕래하며 외로움을 즐길 줄도 알아야 하며, 더럽고 낮고 거짓되고 불손한 현실 속에서 맑고 높고 참되고 겸손한 정신으로 무릎을 꿇고 시를 섬길 줄 알아야 한다는 것이다. 백석답다.

이 시는 어느 낯선 방에 들어 흰 바람벽을 스크린 삼아 이런저런 이야기를 회상하고 있다. 이러한 기법은 이미 여러 문학 작품 속에서 자주 쓰인 바 있다. 예컨대 마르셀 프루스트의 『잃어버린 시간을 찾아서』의 화자도 줄곧 어느 방에서 지나온 어느 방들을 떠올리며 그때의 인물과 사건들을 묘사, 진술해나간다. 방은 기억을 곱씹는 장소이자 새롭게 재구성하는 장소다. 「흰 바람벽이 있어」는 백석의 또 다른 시 「남신의주 유동 박시봉방」과 더불어 이러한 회상기법을 통해 사랑과 슬픔의 명장면들을 그려낸다. 마치 『잃어버린 시간을 찾아서』를 시로 축약한 것 같은 깊이와 넓이를 가졌다.

"가난하고 외롭고 높고 쓸쓸하니"는 백석 시의 표상이 되는 구절이다. 그렇게 살도록 태어났고, 또 사랑과 슬픔의 인생길을 그렇게 걸어갈 수밖에 없는 존재 또한 자신이라는 표현이다. 부정할 수 없는, 운명으로 받아들이는 절대 긍정의 슬픔이 깃들어 있는 구절이다. 한 마디로 고고(孤高)하다. 고고함을 사전에서는 "속된 현실 사회에서 벗어나 홀로 깨끗하고 우뚝"하며, "고독하고 가난하다"고 풀이하고 있다. 그대로 풀어쓴 것 같은 구절이다. 여기에서 방점은 '높고'에 있다. 높다라는 양명한 기운으로 나머지 세 가지 음습한 기운을 조화롭게 거느리고 있다. 어두운 사상 감정에 생동감과 생명력을 불어넣는 가히 마법의 구절이다. 만약 '높고'의 자리에 '낮고'가 자리했다면 평범함을 면치 못했을 터이다. '가난하고 외롭고 낮고 쓸쓸하니'라고 했다면 이 시는 음습한 기운에 짓눌린 채 그저 그런 시로 전락하고 말았을지도 모른다. '높고'는 아이러니의 극치미를 창출한 시어다.

이 시는 그가 애독한 한시의 기법인 선경후정(先景後情)의 골격을 지니고 있다. 선경의 자리엔 좁다란 방의 풍경, 따끈한 감주, 가난한 어머니, 사랑하는 어여쁜 사람이 등장하는 구체적인 풍경이 펼쳐진다. 후정의 자리엔 구체적인 풍경의 자리 위에 마음의 아취가 물씬하다. 가난하고 외롭고 높고 쓸쓸하니 사랑과 슬픔이 충만한 삶을 살아가는 화자의 마음자리가 곡진하다.

이 시는 아름다운 운율이 살아 있다. 자칫 산문적이라고 오해할 수도 있지만 곱씹어보면 고개를 끄덕이게 된다. 일견 이런저런 이야기를 너절하게 풀어놓고 있는 것 같지만 사실 이 시는 화성학에 충실한 아주 잘 만든 한 편의 교향곡을 대하는 것 같은 느낌이 강하다. 암송해보면 알 수 있다. 화성과 선율을 조화롭게 열고 펼치고 모으고 맺는 솜씨가 가히 천의무봉이다. 게다가 여운과 여백까지 남기는 치밀함은 사계(斯界)의 최고봉이다.

이 시의 백미는 대구(對句)에 있다. 심상(心象)인 "가난하고 외롭고 높고 쓸쓸하니"는 물상(物像)인 "초생달과 바구지꽃과 짝새와 당나귀"로 이입되고, 시인과 동류인 "'프랑시스 쨈'과 도연명(陶淵明)과 '라이넬 마리아 릴케'"로 심화된다. 짝을 지어보면, 가난하고와 초생달과 프랑시스 쨈은 척 봐도 일맥이고, 외롭고와 바구지꽃과 도연명은 자연스럽게 상통한다. 높고와 짝새와 라이넬 마리아 릴케는 서로 자유롭게 내왕하며, 쓸쓸하니와 당나귀와 그 무엇도 은밀하게 왕래한다. 서로 이미지가 아삼륙이다. 그런데 마지막에 시인을 호명하는 한 자리가 빈다. 왜일까. 무엇 때문에 말을 아낀 것일까. 그렇다. 그것은 바로 백석 자신의 자리일 수도 있고, 시를 읽는 독자의 자리일 수도 있다는 고도의 계산된 생략이자 배려이다. 독자는 무의식 속에서 허전함을 느끼며 저도 모르게 백석을 떠올리거나 자기 자신을 마지막 자리에 앉힌다. 삭제된 운율을 독자가 자기도 모르게 이어가게끔 하는 시인의 치밀한 계산에 걸려드는 것이다. 백석의 마법과도 같은 주술이 담겨 있는 여백과 생략이다. 시의 막바지에서 무한 공감으로 빠져들며 감동의 아득한 깊이로 빠져드는 것이다.

나는 좋은 시는 암송하는 편이다. 이 시도 자주 암송하는 목록 중의 하나다. 혼자서건, 강연 자리서건, 술자리서건 가리지 않고 필요하면, 흥이 나면 암송한다. 거듭 암송하며 드는 생각이지만 처음부터 끝까지 털끝만큼도 걸림이 없다. 물 흐르듯이 흘러간다. 운을 떼면 눈앞에 그려지는 듯이 펼쳐지고, 입에서는 자동기술 되는 듯이 흘러나온다. 내 입으로 낭송하는데도 내용을 따라가다 보면 어느새 내 귀도 감동에 젖는다. 없는 어머니가 떠오르고, 어떤 사람이 떠오른다. 어느 순간부터는 내 자신까지도 왠지 가난하고 외롭고 높고 쓸쓸하니 살아가는 듯한 감정에 젖어든다. 종래에는 내 온갖 사랑과 슬픔을 넘어 어떤 정화의 경지로 들어가는 희열을 맛본다. 항복이다. 이 시 앞에서는 언제나 항복하는 마음을 이길 길 없다.

슬픔의 시인 백석, 나에게 슬픔에 대해서 많이 생각하게 해준 시 「흰 바람벽이 있어」, 세상 살기 힘들다고 생각할 때마다 등을 두드려준 시, "세상 모든 슬픔의 출처는 사랑"(졸시 「화산도」)이라는 문장을 얻는데 도움을 준 시, 고고함 즉 외롭고 높은 삶의 자리가 어디인지 알게 해준 시, 나에게 항복받은 시, 그래서 오히려 시를 더 써야겠다는 숙제를 안겨준 시, 백석의 「흰 바람벽이 있어」다.

자작나무의 눈부신 살갗

— 백석의 「백화」

안도현*

스무 살 무렵 백석의 시를 처음 읽었다. 전공 교재 속에 들어 있던 「모닥불」이었다. 그때부터 나는 백석의 시를 찾는 대로 필사를 하기 시작했다. 그야말로 짝사랑이었다. 1987년 이동순 시인이 『백석시전집』을 엮어 출간하기 전까지 백석은 일반 독자들이 '읽을 수 없는 시인'이었다. 그 1년 뒤에 정부에서는 부랴부랴 납북·월북 작가들에 대해 공식적인 해금조치를 내렸고, 이로써 분단으로 인해 매몰되었던 작가와 시인들이 우리 곁으로 돌아올 수 있었다.

백석은 자신의 사상적 신념에 따라 남에서 북으로 이동해 간 월북시인이 아니다. 1912년 평안북도 정주에서 태어난 그는 오산고보를 졸업하고 일본에서 유학한 후에 서울로 돌아와 조선일보에서 기자로, 함흥 영생고보에서는 영어교사로 지냈다. 1940년부터는 중국의 만주 일대를 떠돌다가 1945년 광복과 함께 부모가 있는 고

---

* 1981년 「매일신문」 신춘문예와 1984년 「동아일보」 신춘문예에 시가 당선되었다. 시집 『서울로 가는 전봉준』 『외롭고 높고 쓸쓸한』 『북항』 『능소화가 피면서 악기를 창가에 걸어둘 수 있게 되었다』, 동시집 『나무 잎사귀 뒤쪽 마을』 『냠냠』 『기러기는 차갑다』, 어른을 위한 동화 『연어』 등을 펴냈다. 시와시학 젊은 시인상, 소월시문학상, 노작문학상, 이수문학상, 윤동주상, 백석문학상 등을 수상했다.

향으로 돌아갔다. 북한 정권이 세워진 뒤에 잠시 문단 활동을 했으나 결국은 사회주의 체제에 적응하지 못하고 평양에서 쫓겨나 농사꾼으로 말년을 보낸 비운의 시인이었다. 분단 이후 수십 년 동안 그는 남과 북 어느 쪽에서도 문학사적으로 인정을 받지 못했다.

2014년 '평전'이라는 형식으로 백석의 생애를 복원해 보기 위해 『백석평전』을 출간했다. 그가 살아온 시간을 재구성하는 일도 결국은 그를 베끼는 일이었다. 그동안 시를 쓰면서 백석의 어투, 시어는 물론 시를 전개하고 마무리 짓는 방식과 세계에 반응하는 시인으로서의 태도까지 닮아보려고 전전긍긍했다. 백석 이외에 또 다른 시의 전범이 내게 있을 리 없었다. 때로 백석의 시에 지나치게 경도되어 있는 것은 아닌지 두려울 때도 있었다. 그러나 빠져나올 수 없었고, 좀 더 솔직하게 말하면, 빠져나오기 싫었다.

백석의 시 중에 「백화(白樺)」라는 작품이 있다. 백화는 자작나무를 한자식으로 표기한 것이다. 중국과 일본에서는 공히 이 표기를 사용한다.

산골집은 대들보도 기둥도 문살도 자작나무다
밤이면 캥캥 여우가 우는 산(山)도 자작나무다
그 맛있는 모밀국수를 삶는 장작도 자작나무다
그리고 감로(甘露)같이 단샘이 솟는 박우물도 자작나무다
산(山)너머는 평안도(平安道)땅도 뵈인다는 이 산(山)골은 온통 자작나무다

백석, 「백화(白樺)」

1938년 3월 『조광』에 「山中吟」이라는 제목 하에 네 편의 연작시가 실렸는데 그 중 한 편이다. 이 시기는 백석이 함흥에 머무르고 있을 때였다. 처음부터 끝까지 이 시의 중심소재인 '자작나무'가 행마다 반복되고 있을 뿐만 아니라 그 '자작나무'는 주택 구조물, 야생의 생태가 보존된 곳, 음식을 익히는 연료, 생명의 원천인 물을 공급하는 우물의 구조에까지 확대된다. 이 시는 식물이 인간의 생활에 미치는 영향력이 얼마나 크고 다양한지 보여주는 동시에 백석이 시에서 한국어의 활용을 얼마나 중요하게 생각했는지를 짐작하게 한다.

문장의 서술어로 "자작나무다"를 다섯 차례나 배치한 점을 유심히 볼 필요가 있다. 이 서술어는 시의 후반부로 갈수록 행이 길어지면서 점점 자작나무의 분포 범위가 확대되는 듯한 효과를 만들어낸다. 키가 훤칠하고 줄기가 하얀 자작나무들이 온통 숲을 이루고 있는 광경을 시각적으로 보여주기 위해 이렇게 행을 배치한 것이다. 그러니까 별다른 수사적 장치를 사용하지 않고 '자작나무'라는 음성의 반복으로 산골의 풍경을 또렷하게 그려내고 있다. 자작나무는 아궁이 속에서 탈 때 '자작자작' 소리가 나서 자작나무가 된 것으로 알려져 있다. 음운의 반복을 통해 빚어지는 한국어의 질감과 형태적 특성, 그리고 음성적 자질을 염두에 둔 표현을 구사한 것이다. 이 짧은 한 편의 시는 20세기 한국시가 남긴 가장 아름답고 완성도 높은 시적 성취의 하나라고 해도 지나침이 없을 것이다.

자작나무는 북방지역에서 잘 자라는 나무다. 시베리아 횡단열차를 타고 가면서 보던 자작나무, 평양에서 비행기를 타고 삼지연으

로 가서 백두산 밀림 속에서 보던 자작나무를 잊을 수가 없다. 그
자작나무들을 지금 쉽게 친구처럼 만날 수가 없기에 백석의 시에
기대어 자작나무의 눈부신 살갗을 생각한다.

시인은 멀기만 했다

—백석의 「여승」

남들 대학생 나이에 중학교 과정을 배웠다. 나는 정동제일교회 배움의 집 3기 출신이다. 일찍 세상을 버린 이영훈이 가사를 쓰고 곡을 붙인, 얼굴이 긴 가수가 부른 우리 교가, 「광화문 연가」에서는 눈 덮인 작은 교회당이 나오는데, 정동교회는 큰 교회다. 독재자 이승만이 교회 신도였으며, 유관순 열사 장례식이 거행된 곳이다. (이화여고는 담 너머에 있는데, 벧엘예배당이 서울시 사적으로 지정되고 신축 예배당이 지어질 동안 이화여고 심슨 홀에서 공부를 한 적도 있다.) 중국집과 부산식당, 잡화점을 거쳐 도매로 주류 판매하는 대호상회를 지나 빵공장에서 기술자들 빤스를 빨아준 끝에, 서울로 올라와 보석 세공공장에서 광을 내고 잔심부름을 할 때였다. 입학식 날이 떠오른다. 시절은 가을밤, 얼큰하게 술이 오른 야학 교감 선생이(나중에 교감 선생은 무섭게 공부한 끝에, 국립 교육대학에서 국어교육

* 1991년 『창작과비평』에 시, 2000년 『실천문학』에 단편소설을 발표했다. 시집 『가장 가벼운 짐』 『크나큰 침묵』 『서울은 왜 이리 추운겨』 『어머이도 저렇게 울었을 것이다』, 산문집 『그러나 나는 살아가리라』 『여기까지 오느라 고생 많았다』, 소설집 『마린을 찾아서』 『죽음에 대하여』 등을 펴냈다. 신동엽창작기금을 받았다.

과 교수로 정년퇴임 한다.) 칠판을 두 개 잇대어놓은 교회당에 윤동주의 「서시」를 적어 놓고, 느낌을 말하라는 것이었다. 처음 보는 시다. 무조건 좋았다. 몇몇이 손을 들고 뭐라 했다. 나도 손을 들고 말을 했는데 기억나지 않는다. 나중에 윤동주가 연희전문을 나왔고 일본 유학을 했으며 후쿠오카 감옥에서 요절했다는 사실을 알게되었다. 악독한 일본 놈들이 생체실험 했다는 말도 들린다. 또한 「별 헤는 밤」, 「참회록」, 「자화상」을 비롯, 수많은 명시가 있다는 사실을 알았다. 나는 결신했다. 시인이 될 거라고, 윤동주보다 더 멋진 시를 쓰는 시인이 될 거라고.

그러나 시인되는 일은 요원했다. 세월은 강물같이 흘러, 술집 웨이터와 불명예제대와 각종 식당 주방을 전전했다. 신춘문예는 물심양면으로 떨어졌고 잡지 투고도 족족 물 말아 먹었다. 신문사 문화센터 시 창작 교실을 기울인 끝에, 스승이 주간으로 재직하던 시전문 잡지에서 온갖 잡일을 한 것도 사실이다. 사무실이 관훈미술관 2층에 있었다. 그때, 인사동 바로 옆, 심야 영화관에서 기형도가 죽었다. 눈이 풀린 채 정신없이 인사동 거리를 헤매고 다니던 황인숙이 떠오른다. 가끔 기형도의 「엄마생각」과 오탁번의 「하관」을 외우며 고향에 남아있는 어머니를 떠올리기도 했다. 어머니 돌아가시고, 동탄 유리공장 다닐 때는 매일 밤 야근을 하면서 기흥 고매리까지 자책하며 울면서 걸었다. 그래도 시인은 멀기만 했다. 하도 응모하면 떨어지기만 해서, 시인이 되는 것은 능력 밖의 일이라 포기하고 경양식당 지배인이 되었다. 되는대로 살았다. 월급을 모두 쏟아 넣고 술을 마셨다. 언제 죽어도 좋았다. 그때 만난 사람이 지금의 아내다.

아내와는 2년 동안 연애를 했다. 구구절절한 속사정은 생략하겠다. 그래도 문청 실력은 남아 있어, 술이 취하면, 정일근의 「유배지에서 보내는 정약용의 편지」, 곽재구의 「사평역에서」, 황동규의 「즐거운 편지」, 정호승의 「이별노래」를 낭송하고 노래를 불렀다. 다행히 아내는 내 재롱잔치를 잘도 참아주었다.

결혼하고 한동안은 시를 돌아볼 수 없었다. 막노동은, 별을 보며 일을 나가 별을 보고 셋방으로 돌아오는 것이었다. 가끔 비가 오면 시를 생각하고 끄적거리기도 했다. 겨울이 왔다. 단칸방에서 밥상을 책상 삼아 문학을 공부하고 글을 썼다. 그때처럼 치열하게 산 적이 없다. 그 사실을 알아줬나, 겨우 등단을 했다. 한동안은 이성복의 시와 산문에 취해 살았다. 특히 시 「그날」은 좋았다. 이성복의 시집을 수십 번 암송을 하고 필사를 했다.

점점 넓혀나가, 허수경의 시집 『슬픔만한 거름이 어디 있으랴』를 주제로 합평과 토론을 했으며 「폐병쟁이 내 사내」를 통째로 외웠다. 최승자의 시니컬한 「즐거운 일기」를 막걸리와 함께 흥얼거렸다. 김수영의 「풀」과 「폭포」는 부드러우면서도 날카롭고 신동엽의 『금강』은 장쾌했다. 김신용과 이면우를 알게 된 것도 그즈음이다. 어떤 시인보다도 강렬했다. 바로 존경하게 되었다. 김신용은 지게꾼 출신이며 마흔네 살에 무크지로 데뷔했다. 「양동시편」 연작은 대단했다. 특히 뼈다귀 집은 눈에 선하다. 그만큼 이미지로 그림을 잘 그리는 시인도 드물다. 남대문 시장에서 배달을 한 나로서는 생생한 그림이다. 이면우는 보일러공이다. 쉬지 않는 김칫독을 개발했다. 지금의 김치 냉장고 전신이다. 그는 노가다를 하면서 시를 썼는데, 사장이 조그만 인쇄소에서 시집 『저 석양』을 내줬다. 나는 친구의 도움으로 시집을 받아봤다. 충격이었다. 기존 시인들은 게임이 안 되었다. 아, 이런 시인 숨어 있었구나. 그의 「생의 북쪽」, 「벚꽃 단장」, 「거미」, 「조선문 창호지」는 한국 문단에 길이길이 빛나는 절창이다.

가끔 처가에 간다. 처가는 논산에 있다. 장인은 2남 2녀를 두었는데 아내가 장녀다. 아내와 처제는 처삼촌을 닮아 술을 잘 마시는데 장인과 처남들은 체질적으로 못 마신다. 추석이나 설 명절에는 자고 오기도 하는데 문제는 화장실이다. 물론 아파트고 34평형이니 화장실이 두 개나 있다. 하지만 소리가 나잖아. 술도 못 먹고. 나는 꾀를 냈다. 아파트 근처에는 논산공설운동장이 있다. 화장실 가는 척하고 술 마시고 오기 딱이었다. 나는 소주와 맥주를 사가지고 운동장 뒤로 갔다. 어두컴컴하고 조용하고 술 먹기에는 좋은 곳이었다. 똥 누러 갔다가 알밤 주웠다. 시비가 있었다. 돌을 반달처럼 깎아 만든 시비였다. 김관식과 박용래. 내가 좋아하는 박용래가 거기 있었다. 오죽하면 북에는 소월, 남에는 용래라고 했을까. 나는 술 먹기 전에 「居山好」와 「저녁눈」 앞에 술을 그득 따라놓고 절을 했다. 가난했지만 배짱 하나는 누구보다 뛰어난 김관식(민의원 선거에서 장면 총리하고 붙은, 멍멍이 손윗동서 서정주를 서君, 월탄 박종화를 박君이라 부르면서도 유일하게 박용래를 형님이라 인정한)과 눈물의 시인 박용래가 같이 술을 마셔주었다. 달이 떠올랐다.

지천명이 넘어 고향땅에다 조그맣게 집을 지었다. 쓸데없이 연구 및 공부를 많이 하다 보니 스님들의 평균 공부방 통계를 내 보았는데, 4평 남짓이었다. 경허도 그렇고 만공도 그랬다. 천장암 경허 공부방에는 누워 보기도 했다. 내 공부방도 거기에 벗어나지 않는다. 옛터에 집을 짓고 몇 년 동안, 매일 읍내까지 걸어 다녔다. 강 따라 걸으면 두 시간, 산 따라 걸으면 네 시간이 넘게 걸렸다. 산 따라 걷다가 용계리에서 안항마을로 접어들었다. 커다란 표지판이 나왔다. 시골치고 족보 있는 큰 절이었다. 절로 들어가서 바위 아래 물을 마시고 있는데 주지 스님이 나타났다. 할머니 스님이었고, 전체가 비구니 절이라는 사실을 알았다. 그러거나 말거나 배낭 속에서 사과즙을 꺼내 드렸다. 주지 스님이 얘기했다.

"저기, 절벽에 공부방 보이지?"

절벽에는 함석으로 엮은 가건물이 보였다.

"머리 깎아, 저기서 공부하고."

"스님, 저, 결혼했구요, 자식도 있어요."

"상관없어. 승복 준비해놨어."

친구가 늦게 결혼했다. 친구보다 더 가까운 선배가 주례를 봤다. 결혼식장은 갑사 근처 작은 암자였다. 늘 그렇듯이, 가장 먼 곳에 사는 사람이 제일 먼저 도착한다. 일찍 온 나는 암자 여기저기를 둘러봤다. 보면서도 어떤 눈길이 따라온다는 것을 느꼈다. 이리 훑어보고 저리 훑어보고, 동물원 원숭이도 아니고, 눈길의 임자는 암자 주인이었다. 기분이 엄청 나빴다.

"오호라, 물건이로고."

"스님, 저는 곡괭이나 삽자루나 망치가 아니거든요, 사람이에요, 사람. 스님도 세숫대야가 장난이 아니네요."

스님은 달마선사를 닮았다.

"허허, 저기 말이야, 내가 2년 동안 미얀마에서 공부하게 되었거든, 그동안 절을 맡아줄 수 없어? 공양주 보살 붙여줄게."

지은 죄가 많은, 장작 패기 달인은 완강하게 거절했다.

여승(女僧)은 합장(合掌)하고 절을 했다
가지취의 내음새가 났다
쓸쓸한 낯이 옛날같이 늙었다
나는 불경(佛經)처럼 서러웠다

평안도(平安道)의 어느 산 깊은 금점판
나는 파리한 여인(女人)에게서 옥수수를 샀다
여인(女人)은 나 어린 딸아이를 때리며 가을밤같이 차게 울었다

섶벌같이 나간 지아비 기다려 십년(十年)이 갔다
지아비는 돌아오지 않고
어린 딸은 도라지꽃이 좋아 돌무덤으로 갔다

산(山)꿩도 섧게 울은 슬픈 날이 있었다
산(山) 절의 마당귀에 여인(女人)의 머리오리가 눈물방울과 같이
떨어진 날이 있었다

백석, 「여승(女僧)」

돌멩이와 대화하는 법
—쉼보르스카의 「돌과의 대화」

나희덕*

비스와바 쉼보르스카의 시를 처음 읽은 것은 그녀가 노벨문학상을 받은 직후인 1997년이었다. 『모래 알갱이가 있는 풍경』이라는 제목의 시집은 수상소식에 맞추어 급하게 번역되어서인지 그리 잘 읽히는 편은 아니었다. 여느 노벨상 수상자의 책처럼 한두해 읽히다가 잊혀졌던 쉼보르스카의 시집이 좀 더 완성된 모습으로 재출간된 것은 2007년 여름이었다. 서점에서 『끝과 시작』이라는 시집을 발견하고 몇 편 읽다가 산뜻하고 명징한 시편들에 매혹되어 얼른 사들고 돌아와 한달음에 읽어 내려갔다.

『끝과 시작』에는 1945년 이후의 초기 시부터 2000년대 후반에 발표된 시까지 망라되어 있다. 쉼보르스카 특유의 철학적 사변과 리드미컬한 형식을 격조 있게 잘 살려낸 번역 덕분에 마치 시인을 직접 만나는 듯한 느낌이 든다. 이번에 쉼보르스카의 시를 한 편

---

* 1989년 「중앙일보」 신춘문예에 시가 당선되었다. 시집 『뿌리에게』 『그 말이 잎을 물들였다』 『그곳이 멀지 않다』 『어두워진다는 것』 『사라진 손바닥』 『야생사과』 『말들이 돌아오는 시간』 『파일명 서정시』, 시론집 『보랏빛은 어디에서 오는가』 『한 접시의 시』, 산문집 『반통의 물』 『저 불빛들을 기억해』 『한 걸음씩 걸어서 거기 도착하려네』 『예술의 주름들』 등을 펴냈다.

고르고 「돌과의 대화」를 옮겨 적으면서 보니, 2016년에 나온 개정판의 번역은 초판보다 어감이 더 자연스럽고 선명해진 것 같다. 「돌과의 대화」만 두 판본을 비교해보아도 거의 새로 번역하다시피 시어와 문맥이 수정되었다는 걸 발견했다.

쉼보르스카의 시는 어떻게 시적인 것을 발견하고 그것을 간결하고 적확한 언어로 표현할 것인가를 가르쳐주는 '시의 법문(法問)'이라고 할 만하다. 그래서 교과서처럼 자주 펼쳐서 읽게 된다. 특별한 수사적 장치나 기교 없이 물처럼 투명하고 담백한 시들이지만, 읽을 때마다 그 보편성에 조용히 압도당하는 것은 나만이 아닐 것이다. 보편성을 지향하는 시들이 흔히 빠지기 쉬운 교훈적 색채나 비장한 태도가 그녀의 시에서는 잘 느껴지지 않는다. 그 무엇도 가르치지 않으려 하면서 시와 인생의 고갱이를 전해주는 비결은 무엇일까. 나는 그 비결이 시인의 겸손함과 호기심, 그리고 모든 존재들을 향해 열려 있는 태도에서 나온다고 생각한다. 그는 답하지 않고 끊임없이 질문을 던진다. "나는 모르겠어"라는 인식 속에 계속 머물기 위해, 그리하여 더 많은 것들을 사랑하기 위해, 끝없이 유예된 진실을 찾아 헤맨다.

「돌과의 대화」에서는 그 끈질긴 탐문의 과정이 간결한 대화체로 나타나고 있다. 시집 5페이지에 달하는 꽤 긴 시이지만 읽어나가면서 전혀 지루하지 않다. 돌을 향해 "나야, 들여보내줘."라고 문을 두드리지만, 조금씩 다르게 변주되는 이 반복적인 노크는 오히려 시인의 간절한 노력과 호소를 보여준다. 그리고 시적 주체인 '나'의 목소리나 행위가 일방적으로 제시되는 것이 아니라 '돌'로 대변되는 사물이 스스로 답하는 과정을 통해 주체와 객체의 동등한 상호 관계를 읽어낼 수 있다. 돌 속으로 들어가려는 인간에게 돌은 말한다. "네게는 함께하겠다는 자각이 전혀 없"다고. "그 어떤 감각도 동참의 감각을 대신할 순 없는 법"이라고. 이런 동참의 감각이야말로 우리가 사물의 신비를 열고 들어가는 비결일 것이다. 그런데 시의 말미에서 돌은 말한다. "내겐 문이 없어."라고. 사물의 문을 상정하고 안팎을 나누는 생각 역시 인간이 만든 선입견에 불과하다는 것을 일깨워주는 대목이다. 그렇게 이 시는 '돌'이라는 사물을 열고 들어가는 일의 어려움과 불가능성을 들려주고 있다.

나는 어떤 사물을 발견하고 그 내부를 향해 말을 걸 때마다 「돌과의 대화」를 떠올리곤 한다. 실제로 이런 대화를 내면으로 이어가며 사물에게 다가가려 한다. 하지만 사물이 스스로를 열어 보여주기 전에는 '있는 그대로'의 사물에 근접할 수 없다. 보고 또 보는 일, 두드리고 또 두드리는 일만이 사물에 조금씩이나마 가까워지는 길이다. 그러나 사물의 신비에 가까워졌다고 느끼는 순간 갑자기 어둠 한 자락이 눈앞을 가로막는 경험에 번번이 맞닥뜨리게 된다. 어쩌면 사물에 대한 인식은 우리가 그 사물에 대해 얼마나 무지한가를 깨닫는 것이 최선의 지점이 아닌가 싶기도 하다.

사물에 대한 '알 수 없음'의 인식은 언어에 대한 태도나 운용방식에 있어서도 '말할 수 없음'으로 나타난다. 쉼보르스카의 시에서 단일한 서정적 화자보다는 다양한 극적 화자들이 등장하고, 모순과 역설, 아이러니 등의 어법이 즐겨 사용되는 것은 그래서일 것이다. 때로는 「바벨탑에서」처럼 소통이 전혀 불가능한 상황을 그대로 보여주거나 부조리극처럼 무의미한 진술들이 계속 이어지기도 한다. 「바벨탑에서」라는 제목이 말해주듯, 이 시에서 일상적 대화들은 전혀 이어지지 않는다. 화자와 청자가 누구인지도 확정할 수 없다. '지금' '그때' '그 순간' '그곳' '그건' 등의 단어들이 등장하지만, 이 또한 특정한 시간과 공간으로 수렴되지 않는다. '바벨탑'은 세계의 언어를 흩어서 단절하게 만든 성서의 사건인 동시에 현대인들의 대화에서도 자주 경험하게 되는 소통의 부재와 혼란을 상징한다.

자연이나 사물에 제대로 귀 기울이는 일, 그것이 얼마나 조심스럽고 섬세한 노력을 필요로 하는지를 쉼보르스카의 시처럼 잘 보여주는 텍스트가 또 있을까. 시인은 노벨문학상 수상 연설에서 "영감, 그게 무엇인지는 중요치 않습니다. 중요한 것은 끊임없이 '나는 모르겠어'라고 말하는 가운데 새로운 영감이 솟아난다는 사실입니다."라고 말했다. 이렇게 '계속 모르는 자'로 남아서 회의와 질문을 던질 때, 세계는 스스로의 신비를 조금씩 드러내기 시작한다.

그래서인지 쉼보르스카의 시에서는 보는 주체와 보이는 대상의 전도(顚倒)가 자주 일어난다. 「포도주를 마시며」에서 화자는 포도주를 마시고 바라보는 주체이지만, 오히려 포도주인 "그는 나를 물끄러미 쳐다"보고 "그의 눈에 비친 누군가의 잔영에서 / 내 자신의 그림자를 발견하도록 / 스스로에게 허락한다." 이때 비로소 "탁자는 탁자, 포도주는 포도주"가 된다. "술잔은 탁자 위에 덩그러니 놓여 있"고 "나는……몽상적인 환영"에 불과하다. "믿을 수 없을 만큼 추상적이고, 뼛속까지 비현실적"인 '나의 그림자'는 사물을 파악하고 장악하는 주체가 아니라, 사물을 향해 "하고 싶은 말을 그에게 전부 털어놓는" 겸손한 객체에 가깝다.

나 역시 그런 단절이나 한계를 경험하면서 동문서답의 형식이나 파편화된 언어들로 시를 쓰곤 한다. 「저녁의 문답」 「나날들」

「문턱 저편의 말」 등이 그런 예들이다. 이 시들이 수록된 시집 『파일명 서정시』에서는 세계의 '알 수 없음'과 '말할 수 없음'이 나도 모르게 파편화된 문장이나 단절된 대화 형식으로 나타나는 경우가 많아졌다. 세계의 고통과 말의 고통은 분리될 수 없다는 것, 그리고 말과 세계가 더 깊이 오염되고 병들어 있다는 절망은 날이 갈수록 더 깊어져간다. 시를 쓸수록 말이란 얼마나 불완전하고 불가능한 것인지 절감하게 되고, 그것을 옳는 일이 힘겹다는 생각을 하게 된다. 그럴 때마다 쉽게 답을 찾으려 하거나 지나친 확신에 차서 말하지 않도록 내 등에 가만히 손을 얹고 지켜보는 듯한 존재가 있다. 쉼보르스카의 온화한 표정과 담백한 시들은 나에게 너무 무겁지도 가볍지도 않게 좀 더 기다려보라고 말해주는 것 같다.

나, 돌의 문을 두드린다.
—나야, 들여보내줘.
네 속으로 들어가서
주위를 빙 둘러보고,
숨처럼 너를 들이쉬고 싶어.

돌이 말한다.
—저리 가, 나는 아주 견고하게 닫혀 있어.
내 비록 산산조각 나더라도
변함없이 굳게 문을 잠글 거야.
부서져 모래가 된들
아무도 들여보내지 않을 거야.

나, 돌의 문을 두드린다.

—나야, 좀 들여보내줘.

난 그저 순수한 호기심으로 널 찾아왔어.

호기심에게 인생이란 절호의 기회잖아.

난 너의 궁전을 거닐고 싶어.

그런 뒤에 나뭇잎과 물방울을 차례로 방문할 거야.

이 모든 걸 다 체험하기엔 시간이 너무 촉박해.

내가 언젠가는 죽는다는 사실이 분명 네 마음을 움직일 거야.

돌이 대답한다.

—나는 돌로 만들어졌어.

그러니까 철저하게 엄숙함을 지켜야 해.

어서 썩 물러나.

내게 웃음의 근육이란 없어.

나, 돌의 문을 두드린다.

—나야, 들여보내줘.

네 속에 커다란 빈방이 있다는 얘길 들었어.

이제껏 아무도 본 적 없는, 허허롭고 아름다운,

그 누구의 발자취도 없는, 고요한 방.

사실은 너도 그 방에 대해 별로 아는 것이 없지?

이제 그만 인정하지 그래?

돌이 응수한다.

—커다랗고 텅 빈 방이지.

그러나 그 안엔 빈자리가 없어.

어쩜 아름다울 수도 있지만

네 보잘것없는 미감(美感)을 초월한 곳이야.

나에 대해 어깨너머로 대강은 알 수 있겠지만,

내 전부를 속속들이 이해할 수는 없을 거야.

나의 외면은 너를 향하는 듯해도

나의 내면은 네게서 온전히 돌아서 있는 걸.

나, 돌의 문을 두드린다.

—나야, 들여보내줘.

네게서 영원한 안식처를 찾는 건 아니야.

나는 불행한 사람도 아니고

집 없는 떠돌이도 아니야.

내가 사는 세상은 충분히 돌아갈 만한 가치가 있어.

빈손으로 들어갔다 빈손으로 나올게.

내가 진짜 갔다 왔다는 유일한 증거는

어느 누구도 믿지 못할

고작 몇 마디의 말뿐일 텐데.

돌이 대꾸한다.

—들어오지 마.

네게는 함께하겠다는 자각이 전혀 없잖아.

그 어떤 감각도 동참의 감각을 대신할 순 없는 법.
폭넓은 식견을 자랑하는 예리한 관찰력도,
함께하고픈 마음이 부족하면 아무런 쓸모도 없잖아.
들어오지 마, 내겐 그저 그런 자각에 대한 느낌만 있을 뿐.
감각의 싹과 상상력만 있을 뿐.

나, 돌의 문을 두드린다.
—나야, 제발 들여보내줘.
네 지붕 밑으로 들어가기 위해
이천 세기씩이나 기다릴 순 없잖아.

돌이 응답한다.
—만일 나를 믿지 못한다면
나뭇잎에게 물어보렴, 나와 똑같이 말할 테니까.
물방울에게 물어보렴, 나뭇잎과 똑같이 말할 테니까.
마지막으로 네 머리에서 솟아난 머리카락에게 물어봐.
갑자기 웃음이 터져 나온다. 박장대소.
비록 나는 웃는 법을 제대로 모르지만.

나, 돌의 문을 두드린다.
—나야, 들여보내줘.

돌이 말한다. —내겐 문이 없어.

비스와바 쉼보르스카, 「돌과의 대화」

우주적 윙크

—쉼보르스카의 「단어를 찾아서」

솟구치는 말들을 한 마디로 표현하고 싶었다
하지만 어떻게?
사전에서 훔쳐 일상적인 단어를 골랐다.
열심히 고민하고, 따져보고, 헤아려보지만
그 어느 것도 적절치 못하다.

가장 용감한 단어는 여전히 비겁하고,
가장 천박한 단어는 너무나 거룩하다.
가장 잔인한 단어는 지극히 자비롭고,
가장 적대적인 단어는 퍽이나 온건하다.

그 단어는 화산 같아야 한다.
격렬하게 솟구쳐 힘차게 분출되어야 한다.

1989년 『현대시학』으로 등단했다. 시집 『트렁크』 『말라죽은 앵두나무 아래 잠자는 저 여
자』 『뜻밖의 대답』 『요즘 우울하십니까?』 『보고 싶은 오빠』 『GG』를 펴냈으며 청마문학
상, 박인환문학상, 이상시문학상, 시와 사상 작품상을 수상했다.

무서운 신의 분노처럼.

피 끓는 증오처럼.

나는 바란다. 그것이 하나의 단어로 표현되기를.

고문실 벽처럼 피로 흥건하게 물들고,

그 안에 각각의 무덤들이 똬리를 틀기를,

정확하게 분명하게 기술하기를,

그들이 누구였는지, 무슨 일이 일어났는지.

지금 내가 듣는 것,

지금 내가 쓰는 것,

그것으론 충분치 않기에.

터무니없이 미약하기에.

우리가 내뱉는 말에는 힘이 없다.

그 소리는 적나라하고, 미약할 뿐.

온 힘을 다해 찾는다.

적절한 단어를 찾아 헤맨다.

그러나 찾을 수가 없다.

도무지 찾을 수가 없다.

비스와바 쉼보르스카, 「단어를 찾아서」

나는 언니를 쉼보르스카라고 불러본 적이 없어. 언제나 언니였지.
그래서 그렇게 부를래. 그렇게가 아니면 단 한 마디도 꺼낼 수가 없어서. 언니는 1945년 3월 14일 이 시편을 『폴란드 일보』에 발표하면서 등단했지. 스물두 살에. 그리고는 육십칠 년 동안 시를 썼어. 열두 권의 시집을 출간하고, 유고시집 『충분하다』를 남기고 죽었지.

나는 이 시를 옮겨 적어, 언니, 새로 만드는 모든 파일의 첫 페이지에. 컨트롤키를 눌러서 복사하지 않고, 반드시 한 글자씩 써 넣어. 내 몸에 이 시편을 자자(刺字)하듯이, 이식(移植)하듯이. 산다는 것은 우리보다 먼저 존재했던 문장들로부터 삶의 형태들을 받는 것*이기에, 언니.

내가 쓴 시편을 내 입으로 낭독을 하고 온 날, 나는 언니를 읽어. 낭독을 당한 시편도, 낭독한 자신도 무슨 능욕이라도 당하고 온 것만 같을 때. 완강하게 낭독을 거부하는 시편들, 불알을 물고 늘어지거나 창자를 물고 늘어지지 않을 거면 시라는 게 대체 뭐 하러 있는 지를 묻는 시편들임에도, 꺼이꺼이 낭독을 하고 온 스스로에 대한 자괴감과 모멸감을 가눌 수 없을 때, 나는 언니를 읽어. 책꽂이 앞에 서서 고개를 떨구고 읽어.

무력감으로 무릎이 흐-억 꺾이는 날, 나는 언니를 읽어. '누가 내 거죽을 뒤집어쓰고 돌아다니는지, 내 껍데기 안에서 살아 숨 쉬는 건 무엇인지' 알 수 없는 날에. 내 안의 공포를 척살하기 위해서, 나를 척살하기 위해서 언니를 읽어. 모든 것을 말하는 자가 되기 위해서, 아무도 입에 담지 않는 것을 입에 담기 위해서, 언니를 읽어. '누가 누구의 살가죽을 벗겼는가? / 누가 살아 있고, 누가 죽었는가?' 눈 뜨고 볼 수 없는 것을 눈 뜨고 보기 위해서, 진정한 목격

---

* 롤랑 바르트

자가 되기 위해서, 가차 없는 증인이 되기 위해서. 이 시편에 대고 나는 나를 벼리어, 언니.

끊임없고 황량한 긴장 속에서 사막의 돌멩이처럼 눈을 뜨고 살아야 하는 시인의 삶을 언니는 '자기 절단'의 기술로 살아 넘겼지. 스스로를 반으로 절단해서. '위험을 무릅쓰고, 해삼은 둘로 쪼개어졌다 / 한쪽은 굶주린 세상을 위해 자신을 온전히 바쳤고 / 다른 한쪽은 도망을' 치면서. 필요하다면 얼마든지 죽어주고, 필요하다면 얼마든지 다시 태어나면서. 맞아, 언니, 한 편의 시 속에서 죽고, 다른 한 편의 시 속에서 다시 태어나면서.

이따금 나는 생각해. 언니는 '그 단어'를 찾았을까? 그러나 찾을 수가 없는, 도저히 찾을 수가 없는 그 단어를……? 언니는 대답하겠지, "나는 모르겠어." 몰라서 고마워, 언니. '순수한 양심보다 / 더 동물적인 것은 없다'고 써 주어서 고마워. '사유보다 음란한 것은 없다'고 써 주어서. '사유하는 자들에겐 성스러운 것이란 아무것도 없다. (……) 저속한 해석과 음탕한 결론, / 벌거벗은 진실에 대한 야만적이고 방탕한 집착, / (……) / 그 모든 것이 결국엔 명쾌한 포르노다.' 이렇게 써 주어서. 이 세상에 하나 밖에 없는 내 편이 되어주어서, 고마워.

비밀이지만 우린 좀 노는 종(種)이잖아, 언니, 끝끝내 웃는 종자들이고. 의뭉하게 웃거나, 뒤집어지게 웃거나 간에. 죽도록 진지하고 죽도록 거룩한 치들이야 말로 우주적 촌티*를 못 벗었달까 …… 우리는 서로를 위해 작품 속에 저마다의 찌릿한 윙크를 남

---

* 박상륭

겨 두지. 모종의 보물찾기로. '모든 것이 유희를 위한 유희이며 / 너무 크게 웃어 눈가에 맺히는 눈물방울임'을 보여주는 보물찾기. 뒤샹이 에땅 도네에 숨겨둔 것, 메이플소프가 루이즈 부르주아의 사진에 숨겨둔 것, 베개만한 청동 남근을 옆구리에 낀 그녀가 간신히 참고 있는 것, 그리고 언니가 무심한 척 숨긴 윙크, '바짓가랑이 속의 겁먹은 생쥐 한 마리.' 이 한 행을 처음 읽었을 때, 나는 뒤집어졌어. 언니는 그렇게 나를 기다려 주었지.

지난 일 년, 자의반 타의반으로 나는 나에게 셀프 안식년을 주었댔어, 언니. 하지만 쓰지 않고 사는 삶은 삶이 아니었어. '두려움에 이리저리 흔들리면서도 / 모든 것이 완벽한 적막 속에 자행되기에 / 차마 '살려 달라'는 비명조차 지르지 못하는 / 이 아슬아슬한 쾌락' 없이 사는 나는, 쓰는 손의 관능 없이 사는 나는, 내가 아니었어, 언니.

축생에게는 축생의 환장이 있어,* 저마다 완성해야 하는 저만의 육체 쇼가 있고, 저만의 전집이 있어, 나는 살고, 나는 쓸 거야, 언니. 깨진 거울처럼 섬망과 착란으로 번뜩이는 나의 단어들, 불구의 단어들을 붙들고. '시를 안 쓰고 웃음거리가 되는 것보다 / 시를 쓰고 웃음거리가 되는 것을 더 좋아해서', '슬픔이 웃음이 되어 터져 나올 때까지', 언니.

---

* 성윤석

김종삼의 재발견

이시영*

　문학사란 어느 면에서 대단히 임의적인 것이어서 수많은 '좋은 시인들' 혹은 '좋은 작가들'을 누락 혹은 사상(捨象)하면서 나아가는 것을 목도하게 된다. 나는 그런 시인 중의 대표적인 하나가 김종삼(金宗三)이라고 생각한다. 그의 시는 생전에 나온 민음사판 '오늘의 시인총서' 『북치는 소년』(1979년)과 거기 붙은 "여백이 완벽보다 더 꽉 차 보이는 때가 있다"로 시작되는 황동규의 유명한 해설 「잔상(殘像)의 미학」으로 어느 정도 알려져 있지만, 그에 대한 문학사의 평가는 그의 시의 탁월성에 비해 아직도 턱없이 부족하다는 것이 나의 판단이다. 가령 다음과 같은 시를 보자.

　　1947년 봄
　　심야
　　황해도 해주의 바다

---

* 1969년 「중앙일보」 신춘문예에 시가 당선되고 『월간문학』 신인상을 수상하면서 작품 활동을 시작했다. 시집 『아르갈의 향기』 『바다 호수』 『은빛 호각』 『하동』 등을 펴냈으며 만해문학상, 정지용문학상, 지훈상, 백석문학상 등을 수상했다.

이남과 이북의 경계선 용당포

사공은 조심 조심 노를 저어가고 있었다.
울음을 터뜨린 한 영아(嬰兒)를 삼킨 곳.
스무몇 해나 지나서도 누구나 그 수심(水深)을 모른다.

김종삼, 「민간인」

1970년~1980년대 들어와 수많은 '분단시'들이 탄생되었지만 나는 이만큼 의미와 행간의 긴장으로 꽉 찬 분단시를 경험해본 적이 없다. "스무몇 해가 지나서도" 그 수심을 모른다고 시인은 고백했지만, 이 시는 자신의 체험을 그야말로 스무몇 해가 되도록 가슴에 간직했다가 각혈처럼 처연히 토해놓은 것이다. 그리하여 우리로 하여금 용당포란 지명과 함께 "울음을 터뜨린 한 영아"의 입을 틀어막은 월남(越南) 가족의 비극을 고스란히 체험케 해준다. 그리고 그 '수심(水深)'은 우리의 가슴속에 시퍼렇게 살아있다. 좀 더 전문적인 용어로 얘기하면 시간의 힘에 밀리지 않으면서 아직도 의미를 생산하고 있는 것이다. 살아있는 시란 바로 이런 경우를 두고 하는 말이다.

조선총독부가 있을 때
청계천변십전균일상(一〇錢均一床)밥집 문턱엔
거지 소녀가 거지 장님 어버이를
이끌고 와 서 있었다
주인 영감이 소리를 질렀으나

이시영 63

태연하였다

어린 소녀는 어버이의 생일이라고

십전(一0錢)짜리 두 개를 보였다.

김종삼, 「장편(掌篇) 2」

이 시를 "징이 울린다 막이 내렸다"로 시작되는 신경림의 「농무」
와 비교해서 읽는다면 어떨까? 그 가락의 신명성과 작품이 뿜어내
는 활력은 「농무」보다 현격히 떨어지지만 시적 조화와 균제미 그
리고 넓은 의미의 '민중성'에 있어서는 「장편 2」가 그다지 뒤지지
않는다는 것이 나의 생각이다. 신경림의 「농무」는 시적 화자가 직
접 굿판 속에 뛰어 들어가 "꺽정이처럼 울부짖고" "서림이처럼 해
해대"면서 "비료값도 안 나오는 농사 따위"를 비웃고 비판하는 능
동성이 있다면 이 시는 모더니스트 김종삼답게 '묵언(黙言)'으로써
어느 장면을 칼로 자르듯이 독자 앞에 제시하고 시인은 작품 뒤로
숨는 묘사의 기법을 구사하고 있는 것이다. 어느 시가 더 절실하고
살아있는가는 그야말로 독자들이 판단할 일이거니와, 신경림의 시
가 주목과 찬탄의 대상이었던 것에 비해 이 시는 당대의 여러 정황
에 의해 조금 더 소외되었다는 점만 밝히기로 하자. (참고로 이 시의
발표 연대는 「농무」보다 4년 늦은 1977년이다.)

그런데 이왕 말이 나왔으니 하는 말이지만 문학사란 당대의 정
황과 시대적 요구의 영향에서 자유롭지 못하기 때문에 이처럼 의
외의 소외를 낳기 마련이다. 이는 비단 김종삼뿐만 아니라 김수영
과 동시대의 박인환에게도 해당되는데, 그는 김수영의 비평에 의
해 '포즈의 시인'으로 낙인찍힌 바람에 그 소외의 정도가 김종삼보

다 더하다고 할 수 있겠다. 그러나 시대는 늘 변화하기 마련이고 문학사 또한 고정되어 있는 실체가 아닌 만큼 다른 것들의 수용을 통해서 자기를 변화시켜 나간다. 수년 전 잇달아서 『김종삼전집』(2005년, 이 책의 말미에 실린 엮은이 권명옥의 '작품해설' 「적막과 환영」은 지나치게 기독교 복음주의적인 해석이 걸리지만 '순도 높은' 김종삼론이다.)과 『박인환전집』(2006년)이 간행되고 『박인환 깊이 읽기』(2006년)까지 나왔다. 이들의 작품이 "정말로 새로운" 것이라면 T. S. 엘리엇의 말처럼 "(문학사의) 질서는 새로운 예술작품이 그 속에 도입됨으로써 수정"(「전통과 개인적 재능」)될 것이다. 1964년에 간행된 신구문화사판 『한국전후문제시집』(편집위원 : 백철, 유치환, 조지훈, 이어령)에는 박인환, 고은을 비롯해서 33인의 '전후파' 시인들의 자천(自薦) 대표시 14~15편씩과 김춘수, 박태진, 이어령의 비평 「문제작의 주변」 그리고 수록시인들의 시작노트격인 「작가들은 말한다」 등이 실려 있는데, 이는 출간 당시 큰 반향을 불러일으킨, 요즘 식의 표현으로 하자면 '잘 나가는 시인들'의 의욕적인 기획 앤솔로지였다.

그러나 50여 년의 세월이 흐른 후 이들의 면면을 살펴보면 사라졌거나 희미해진 이름들이 너무 많다. 좀 박하게 얘기하면 고은, 구상, 김수영, 김춘수, 박재삼, 이형기 정도가 '현역'으로서 그 역할을 다했거나 다하고 있다고 말할 수 있겠다. 그런데 이 앤솔로지에 김종삼의 작품이 실려 있다. 1970년대의 젊은 비평가 염무웅에 의해 "이게 도대체 시냐?"라는 비판을 받은 바 있는 「돌각담」 「원두막」 등 모더니즘 계열의 시 15편과 "어쨌든 나는 자연을 복사해버리는 낡은 사진사들의 틈바구니"에는 끼지 않겠다는 모더니스트다운 발언과 함께 당대 시단의 '소란'을 벗어나 릴케가 말한 바 있는 "언어의 도끼가 아직도 들어가보지 못한 깊은 수림(樹林) 속에서" "새로운 시의 언어"를 찾겠다는 다짐을 담은 시작노트 「의미의 백서」가 그것이다. 그러나 시인의 '절정'이 있다면 이 시기의 김종삼은 아니다. 1964년 당시 주목의 대상이 되기에 그의 시는 "멀리 아물거리는 아지랑이"(「의미의 백서」)처럼 미혹스럽고 난해하기 짝이 없으며 아직은 '언어의 도끼'가 사물을 향해 제대로 먹혀들어가기 직전의 것들이다. 그가 극적으로 재발견된 것은 『북치는 소년』에 와서이며, 이는 한 눈 밝은 후배 시인 황동규에 의해서이다. 황동규는 예의 「잔상의 미학」을 통해 "내용 없는 아름다움"(「북치는 소년」의 첫 연) 뒤에 숨은 그의 진면목인 '여백의 시학' 즉 시가 시를 말하게 하고 시인은 깊은 침묵 속에 빠질 줄 아는 한 뛰어난 미학주의 시인 김종삼을 만난다. 그리고 그는 김종삼의 시에서 "제스처를 삼가는 한 예술가의 (내면적) 진실"과 대면한다. 그리하여 '민중시'가 목소리를 높여가는 당대의 시단에서 "자유연상에 의한 이미지 조합"으로 "스크린처럼 비어 있는 잔상이 비치는 부재"의 형식을 통해 자기 시를 드러내는 "가장 완전도가 높은 순수시인" 김종삼을 한국 현대시사에 재소환한다. 모든 시들이 암울한 시대의 정치적 폭발을 향하여 치닫고 있는 당대의 시적 현실에서 김종삼은 기묘하게도 '절제의 시인'으로 가까스로 살아남아 다음과 같은 완성도가 높은 시를 생산한다. 시인은 시 뒤로 가뭇없이 사라지면서, 아니 천상(天上)의 음악처럼 우리 곁에 문득 휴지(休止)하면서.

물 먹는 소 목덜미에

할머니 손이 얹혀졌다.

이 하루도

함께 지났다고,

서로 발잔등이 부었다고,

서로 적막하다고,

김종삼, 「묵화(墨畵)」

　　하나의 마침표와 세 개의 쉼표로 자신의 존재를 겨우 내비치고 있는 이 순수시인의 시는 "어린 양들의 등성이에 반짝이는 / 진눈깨비처럼"(「북치는 소년」) 아름답게 반짝인다. 그리고 그 구조는 그의 남다른 예술적 소양과 절제로 인하여 일체의 틈입을 불허하면서 자족(自足)하고 견고하다. 소주와 설렁탕과 서양고전음악 듣기를 유독 좋아했다는 이 시인의 최후는 그러나 가난하고 외로웠다. 천주교 길음성당에서 거행된 그의 영결식엔 그 많은 문인들 중 시인 한 분과 그를 따랐던 문학청년 한 사람만이 그의 마지막을 지켜보았다고 한다. 그는 그렇게 겨우 이 지상에서 드러나지 않게 살다 간 "욕심 없는" 예술가였다. 다음은 그의 시 「누군가 나에게 물었다」의 전문이다. 가난한 사람들을 발견하고 사랑할 줄 알았던 그를 기억하자. 그리고 진정한 시인의 반열에 그의 이름을 올리자.

누군가 나에게 물었다. 시가 뭐냐고

나는 시인이 못됨으로 잘 모른다고 대답하였다.

무교동과 종로와 명동과 남산과

서울역 앞을 걸었다.

저녁녘 남대문 시장 안에서
빈대떡을 먹을 때 생각나고 있었다.
그런 사람들이
엄청난 고생 되어도
순하고 명랑하고 맘 좋고 인정이
있으므로 슬기롭게 사는 사람들이
그런 사람들이
이 세상에서 알파이고
고귀한 인류이고
영원한 광명이고
다름아닌 시인이라고.

김종삼, 「누군가 나에게 물었다」

'물길'이 데려다준 곳
—이시영의 「물길」

고증식*

자 그러면 우리 놓읍시다 집착의 끈을

사랑은 네가 나를, 내가 너를

온 마음으로 타는 불길처럼 소유하는 것이 아니라

여름 산이 콸콸 더운 숨결을 쏟아

앞내로 바다로 흘려보내듯이

우리도 우리 자신의 막힌 가슴을 뚫어

서로를 남김없이 놓아주는 것

그러면 우리 가을 시린 들판에서 만날는지도 몰라

거기 풀꽃들이 서로의 찬 이마를 맞부비고 있는 곳

기러기 날아오른 논둑길 따라

갑자기 서늘해진 등을 뒤척이며 맑은 눈길로

이시영, 「물길」

* 1994년 『한민족문학』에 시를 발표하며 작품 활동을 시작했다. 시집 『환한 저녁』 『단절』 『하루만 더』 『얼떨결에』, 시평집 『아직도 처음이다』 등을 펴냈다.

고증식   69

어릴 적 우리 집에는 손들의 내왕이 잦았다. 일가친척은 물론 지나는 방물장수며 근동의 아낙들까지 우리 집에서 하룻밤 묵어가기 일쑤였다. 손들이 원할 때도 있었으나 대개는 어머니가 불러 앉힐 경우가 더 많았다. 그때마다 나는 명절이나 만난 듯 무릎에 붙어 앉아 그들이 풀어놓는 이야기보따리에 흠뻑 빠져들곤 했다. 문제는 다음날이었다. 아침상을 물리기 무섭게 떠나려는 손들의 주위를 불안한 눈빛으로 맴돌며 하루만 더 있다 가면 안 되겠느냐 매달렸다. 때로는 몰래 신발을 감추거나 간절한 눈빛으로 울먹이기도 하면서. 그들이 훌쩍 가버리고 나면 며칠씩이나 마음속 훑고 가는 허전한 강물 소리를 들어야만 했으므로.

그렇게 나이를 먹고 서른이 넘은 나이에 이 시를 만났다. 내 나이 서른은 비로소 직장을 잡고 결혼을 한 나이. 학교와 군대와 삼년 남짓의 치기 어린 방황을 접고 어느 정도 제대로 된 정착을 시작하였을 때였다. 거기까지 오는 동안 순간순간 마음을 울려주는 여러 편의 시들이 왜 없었으랴만 굳이 한 편을 뽑으라면 나는 주저 없이 이 「물길」을 고른다.

인생에서 만남과 사랑의 관계를 이처럼 깔끔하고 명료하게 정리해 놓은 시가 또 있을까. 적지 않은 세월이 흘렀음에도 처음 이 시를 만난 순간의 감동을 나는 결코 잊지 못한다. 지금도 전편을 외우는 시가 많지 않은데 이 시는 언제 어디서든 줄줄 읊조릴 수 있다. 저절로 그냥 그리 되었다. 긴 만남이든 짧은 만남이든 만나고 헤어지는 순간이 오면 나도 모르게 시구가 흥얼거려진다. 사람 사는 일에 관계를 맺는 일만큼 중요한 일이 또 있을까. 그동안 관계 맺기를 가장 우선에 두고 살아오면서 그로 인해 상처와 치유를 반복해온 나로서는 한순간에 마음을 빼앗길 수밖에 없는 시였다. 그때 이 시를 쓴 시인은 일면식도 없고 그분의 시집을 가까이 읽은 적도 없어서 그동안 유명세에 기대어 접했던 다른 시들과는 받아들이는 과정이 남다를 수밖에 없었다. 가장 순수하게 작품으로 먼저 만나 시와 시인을 흠모하게 된 경우라고나 할까.

살아오면서 좋은 시인과 작가들을 많이 만났지만 내게는 시를 시작하는 과정에서 만난 각별한 세 분의 '이' 선생님이 계신다. 처음 밀양에 정착하여 함께 『밀양문학』을 창간하고 문학과 사람의 길을 일러주신 이재금 선생님, 그 이 선생님과의 친분으로 이어져 육친의 정 이상으로 곁을 허락해주신 소설가 이문구 선생님, 그리고 그분이 "나는 시를 잘 몰라." 하시면서 내 습작의 뭉치를 건네어 만나게 해주신 「물길」의 이 선생님. 지금은 「물길」의 이 선생님만 계시고 두 분 이 선생님은 세상에 안 계신다. 돌아보면 꿈같은 인연이었으나 지금도 너무 일찍 떠나가신 두 분 선생님을 떠올릴 때면 가슴에서 그리움의 물줄기가 샘솟는 걸 어쩔 수 없다.

그나마 행운이라면 오랜 세월 변함없는 느티나무로 세 번째 이 선생님이 머물러 계신다는 사실. 누구보다 맑은 감성과 깔끔한 이성을 아울러 갖춘 시인께서는 더불어 살면서 어떻게 관계를 맺고 풀어야 하는지 한 편의 시를 통해 또렷이 가슴에 새겨주셨다. 처음 그분은 가슴 졸이며 보낸 보잘것없는 원고 뭉치도 꼼꼼히 읽어주시고, 그때마다 가감 없는 평을 빼곡히 적어 보내주곤 하셨는데, 부드러운 살보다는 곧은 가시가 훨씬 더 많은 여러 통의 그 손편지를 지금도 나는 보물처럼 간직하고 있다.

얼마 전 오래 몸담았던 학교를 퇴직했다. 매년 수백 명의 새로운 아이들을 만나는 일에서 벗어났다는 건 앞으로의 관계 맺기가 달라진다는 의미도 될 것이다. 자연스럽게 받아들인다. 바람이 있다면 그동안 맺어왔던 관계든 새로운 만남이든 그들과의 인연을 글로 녹여 은은한 향기로 꽃 한 송이 피워 올리는 일이다.

그동안 나는 많은 이들을 만나고 그들에게 두터운 은혜를 입으며 살고 있다. 그리고 늘 그들이 그립다. 가끔은 너무 멀리 있는 그리움 때문에 마음이 무너질 때도 있지만 집착에 기대지 않은 호젓한 그리움은 내 삶의 가장 큰 보약이 된다. 이 모든 게 「물길」이 손잡고 여기까지 데려다준 덕분이다.

사랑이란 "우리 자신의 막힌 가슴을 뚫어 서로를 남김없이 놓아주는 것", "그러면 우리 가을 시린 들판에서 만날는지도 모른"다는 것. 그리하여 앞으로도 나는 끊임없이 그리움에 상처받으며 그 상처를 통해 더 많은 이들을 사랑하고 껴안으며 살고 싶다.

해석의 재미를 알게 해준 「백록담」

—정지용의 「백록담」

이대흠*

1

절정에 가까울수록 뻐꾹채 꽃키가 점점 소모된다. 한 마루 오르면 허리가 스러지고 다시 한 마루 위에서 모가지가 없고, 나중에는 얼굴만 가웃 내다본다. 화문(化紋)처럼 판 박힌다. 바람이 차기가 함경도 끝과 맞서는 데서 뻐꾹채 키는 아주 없어지고도 팔월 한철엔 흩어진 성신(星辰)처럼 난만하다. 산 그림자 어둑어둑하면 그러지 않아도 뻐꾹채 꽃밭에서 별들이 켜든다. 제자리에서 별이 옮긴다. 나는 여기서 기진했다.

2

암고란(巖高蘭), 환약같이 어여쁜 열매로 목을 축이고 살어 일어섰다.

* 1994년『창작과비평』에 시, 1999년『작가세계』에 단편소설을 발표했다. 시집『눈물 속에는 고래가 산다』『상처가 나를 살린다』『물속의 불』『귀가 서럽다』『당신은 북천에서 온 사람』을 펴냈다. 현대시동인상, 애지문학상, 육사시문학상 등을 수상했으며「시힘」동인으로 활동 중이다.

3

백화 옆에서 백화(白樺)가 촉루(髑髏)가 되기까지 산다. 내가 죽어 백화처럼 흴 것이 숭없지 않다.

4

귀신도 쓸쓸하여 살지 않는 한 모롱이. 도체비꽃이 낮에도 혼자 무서워 파랗게 질린다.

5

바야흐로 해발 육천 척 위에서 마소가 사람을 대수롭게 아니 여기고 산다. 말이 말끼리. 소가 소끼리. 망아지가 어미 소를, 송아지가 어미말을 따르다가 이내 헤어진다.

6

첫 새끼를 낳노라고 암소가 몹시 혼이 났다. 얼결에 산길 백리를 돌아 서귀포로 달아났다. 물도 마르기 전에 어미를 여읜 송아지는 움매-움매-울었다. 말을 보고도 등산객을 보고도 마구 매어 달렸다. 우리 새끼들도 모색이 다른 어미한테 맡길 것을 나는 울었다.

7

풍란이 풍기는 향기, 꾀꼬리 서로 부르는 소리. 제주 휘파람새 휘파람 부는 소리, 돌에 물이 따로 구르는 소리. 먼데서 바다가 구길 때 솨-솨- 솔소리, 물푸레 동백 떡갈나무 속에서 나는 길을 잘

못 들었다가 다시 칡넝쿨 기여간 흰 돌바기 고부랑길로 나섰다. 문득 마주친 아롱점말이 피하지 않는다.

8

고비고사리 더덕순 도라지꽃 취 삿갓나물 대풀 석용(石茸) 별과 같은 방울을 달은 고산식물을 색이며 취하며 자며 한다. 백록담 조찰한 물을 그리어 산맥 위에서 짓는 행렬이 구름보다 장엄하다. 소나기 놋낫 맞으며 무지개에 말리우며 궁둥이에 꽃물 이겨 붙인 채로 살이 붓는다.

9

가재도 기지 않는 백록담 푸른 물에 하늘이 돈다. 불구에 가깝도록 고단한 나의 다리를 돌아 소가 갔다. 좇겨온 실구름 일말에도 백록담은 흐리운다. 나의 얼굴에 한나잘 포긴 백록담은 쓸쓸하다. 나는 깨다 기도조차 잊었더니라.

정지용,「백록담(白鹿潭)」

지용의 「백록담」은 읽을 때마다 다른 해석이 가능한 것 같아서 좋다. 작품의 시작은 '뻐꾹채' 이미지다. 국화과의 뻐꾹채는 1미터 이상 자랄 만큼 키가 큰 꽃인데, 절정에 오를수록 키가 작아지는 뻐꾹채를 보면서, "절정에 가까울수록 뻐꾹채 꽃키가 점점 소모된다."고 표현하였다. 이미지만 본다면, 뻐꾹채 꽃키가 산을 오를수록 점점 작아져서, 산꼭대기에서는 꽃대가 사라지고, 꽃송이만 남아서, 꽃송이가 꽃무늬처럼 땅바닥에 새겨진 듯 보인다로 해석이 된다. 그리고 그 화문이 하늘의 별자리들처럼 여기저기에 박혀있다.

하지만 '소모된다'는 말의 의미를 새겨보면, 그리 단순하지가 않다. '소모된다'는 것은 '사용하여 닳아진다'는 뜻을 담고 있다. 따라서 이 문장은 꽃대의 소모됨을 통해 화자의 육체성, 혹은 화자가 지니고 있던 그 무엇이 점점 사라져 간다는 의미로 해석할 수 있다. 즉 세속적인 가치 같은 것이 점점 사라졌다는 의미로도 해석이 된다. 그렇게 읽으면, 화문처럼 판 박힌 뻐꾹채 꽃들과 하늘의 별이 내려와 섞이는 이미지가 분명하게 살아난다. 즉 세속에서 멀어질수록, 육체성은 소멸되고, 절정에 오르자 하늘의 별과 땅의 꽃이 구분 없이 섞인다. 하늘과 땅이 하나가 되는 경지이다.

이 작품의 1차적인 해석은 한라산 등반기로 읽힌다. 산을 오르면서 뻐꾹채 꽃키가 작아지는 것을 관찰하였다. 대개의 식물은 고지가 높을수록 키가 작아지고, 잎은 두꺼워진다. 제주도 한라산은 높이가 1,950미터에 이르기 때문에 고산지대에는 낮은 곳에서는 볼 수 없는 식물이 분포한다. 특히 한라산은 바람이 거세어서 같은 종류의 식물이라 하더라도 키가 작다. 생존의 최적 조건을 갖추기 위해서 키를 낮추었을 것이다. 따라서 높은 데의 풀이나 나무는 앉거나 눕는 자세를 취한다. 이름에서도 식물들의 이러한 속성은 드러난다. 눈범꼬리, 눈개쑥부쟁이, 눈향나무 등은 모두 '누워있다'는 뜻을 지니고 있으며, 고산지대를 고향으로 한다는 공통점이 있다. 그러므로 산을 오를수록 뻐꾹채 꽃키가 작아졌다는 표현은 사실에 근거한 것으로 보아도 무방하다.

화자는 1연에서 이미 산의 대부분을 다 올랐다. 아마도 윗세오름(1,300고지) 정도에는 이른 것으로 보인다. 정상은 아니어도 거의 정상 근처에 이르렀다. 절정 직전이다. 방아쇠에 손가락이 얹어진 경우와 같다. 시적 화자는 여기에서 기진한다. 나머지 2~6연은 윗세오름의 넓은 고원지대에서 벌어진 일을 그렸다. 7~8연은 백록담 둘레의 산정에 오르는 과정이다. 그리고 9연은 호수로 내려가 물을 보고 있다.

그러나 해석은 단순하지가 않다. 1연에 기진했던 화자가 2연에서 암고란(시로미) 열매로 목을 축이며 일어선다. 시로미 열매는 신선의 열매로도 불린다. 또한 산정에서 만난 말과 소 등은 서로간의 구분이 없다. 당연히 사람을 무서워하지도 않는다. 이러한 모습은 세속의 것이 아니기에 이미 선계의 풍광이라고 봐도 된다. 즉 2연의 암고란 "열매로 목을 축이고 살어 일어섰다."라는 대목을 '선계, 또는 이상향으로 진입했다.'로 해석할 수 있다. 마소가 구별이 없고, 짐승들과 사람이 서로 피하지도 않고, 어떤 소는 순식간에 백리를 뛰어다니는 곳이니, 분명 일상적인 세계가 아니다.

보는 각도를 달리하면 불교적 의미로 볼 수도 있다. 감각적 쾌락, 육체적 욕망 등을 벗어난 경지를 말하였다고 풀어보는 것이다. 자아라고 믿었던 것을 모두 버린 상태를 해탈이라고 보았을 때, 1연 마지막 구절에 나오는 "기진"을 자아라 믿었던 가짜 자아와의 이별로 보고, 시의 마지막에 나오는 "깨다"에 주목하였을 때, 2~8연은 어떤 깨달음의 경지를 나타낸다고 볼 수 있다. 또한 3연의 "백화가 촉루가 되기까지 산다."라는 구절은 불교의 '시체관'과 연결 지을 수 있다.

심리학적이 해석도 가능하다. 4연의 "도채비꽃이 낮에도 혼자 무서워서 파랗게 질린다."는 표현이 나온다. 이를 혼자 남은 아이의 공포로 해석할 수 있다. 일찍이 유종호 선생은 「백록담」을 해석하면서 6연의 서귀포로 달아난 "어미"를 기아(棄兒)공포증과 단명(短命)공포증에 연관 지어 해석한 바 있다. 이와 같은 견해에서 본다면, 6연에 나오는 송아지를 고아공포증과 부모상실공포증에 연결할 수 있다.

다른 각도에서 접근하는 것도 가능하다. 백록담에 다다른 화자의 심리를 선계나 깨달음의 경지가 아니라, 쫓겨 온 자의 절박한 내면상태로 읽을 수 있다. 즉 "가재도 기지 않는 백록담 푸른 물에 하늘이 돈다."를 '아무런 생명체도 없는 곳에서는 하늘도 정상적으로 있지 않고, 빙빙 돌기만 한다.'로 해석하고, "불구"라는 말을 정상적 생활이 불가능한 상태로 본다면 시의 의미는 전혀 달라진다. 그렇게 본다면 이어지는 구절, "쫓겨온 실구름"은 마땅히 화자의 상태를 나타내는 객관적 상관물이자 감정이입의 대상이 된다. 이러한 해석은, 이 시가 1939년 일제강점기에 발표되었다는 점을 고려한 역사주의적 관점에 닿는다.

에로티시즘의 시각으로 분석해 볼 수도 있다. 1연의 "뻐꾹채 꽃밭에서 별들이 켜든다. 제자리에서 별이 옮긴다. 나는 여기서 기진했다."를 성적인 오르가즘에 다다른 후의 의사 죽음으로 볼 수 있다. 성적 흥분이 고조되어 생리적으로 절정에 이른 상태를 기진한 것으로 표현했다면, 이후의 죽고, 다시 일어섬도 흥분의 지속으로 풀이가 가능하다. 이렇게 본다면 암고란이나 암고란 열매는 여성의 육체를 상징하며, "환약같이 어여쁜 열매로 목을 축이고 살아 일어섰다."라는 구절을 생식기의 변화 상태로 볼 수 있다. 이러한 관점에서는 작품에 나오는 시적 대상들은 성적인 흥분이나 이완

상태의 은유가 된다.

「백록담」을 이렇게 다의적으로 해석하는 방식은 입시 위주의 교육을 받아온 사람들에게는 충격일 수도 있다. 그러나 온전한 시 해석의 층위는 다층적일수록 시 읽기의 재미도 있다. 진정한 시 읽기는 정답을 구하는 게 아니라, 어떤 방식으로든 타당한 의미부여가 가능하다면 하나의 해답이 된다. 앞에서 말한 내용이 아니라도 「백록담」은 또 새로운 의미로 해석이 가능할 것이다. 좋은 시는 이렇게 겹이 있다. 언제든 새롭게 읽힐 수 있는 시가 좋은 시임을 알게 해 준 「백록담」. 이런 '백록담'이니 보는 이마다 그 경지를 달리 보는 것 아니겠는가.

사랑과 토마토와 물거품과 장미를 노래하라
—자카리아의 「접시」

손세실리아*

자카리아 무함마드(Zakaria Mohammad)는 1950년 팔레스타인의 나블루스에서 태어났다. 팔레스타인뿐 아니라 아랍권 전체에서 주목받고 있으며, 서양에서도 자주 거론될 만큼 빼어난 시인이다. 또한 '마흐무드 다르위시 상'의 수상자다. 이 상은 인류의 문화창달 기여도를 감안해 엄정한 심사를 거쳐 최종 수상자를 내는데 2020년엔 미국의 사상가 노암 촘스키와 모로코의 시인 압델라디프 라비가 자카리아와 공동 수상해 화제를 모으기도 했다. 그는 시인임과 동시에 저널리스트이자 소설가이기도 하고 화가이자 조각가이며 사상가인데 그동안 한국어로 번역된 시는 몇 편 되지 않아 시집이 나오기만을 학수고대해오던 차 최근 「강」출판사의 한국문명교류연구소 예술총서의 첫 번째 책으로 출간됐다는 소식을 접하곤 만사 제쳐두고 정독했다.

사실 '내 인생을 뒤흔든 한 편의 시'는 내게 없다. 아니 너무 많다. '한 편'이라 못을 박을 만큼 인생에 절대적 영향을 끼친 시가

---

* 2001년 『사람의문학』에 시를 발표하며 작품 활동을 시작했다. 시집 『기차를 놓치다』 『꿈결에 시를 베다』, 산문집 『그대라는 문장』을 펴냈다.

얼른 떠오르지 않기 때문이기도 하지만, '한 편'이라는 조건으로 부터 자유로워지면 떠오르는 시가 한둘이 아니기 때문이다. 왜냐 하면 나의 경우, 이런 시는 과거이기도 하지만, 지금, 여기! 이기도 하고, 아직 만나지 못한 미래의 시일 수도 있겠기 때문이다. 각설 하고 최근 내 영혼을 뒤흔든 시가 있으니 그것은 바로 자카리아가 들려준 「접시」이다.

> 아침에,
> 내 삶의 콩꼬투리를 접시에 턴다.
> 접시에 모아진 콩을
> 사람들이 가져간다.
>
> 지나가는 사람마다 한줌씩 집어 들고
> 가버린다.
>
> 저녁에,
> 나는 의자 사이를 무릎으로 긴다.
> 그들의 손이 흘려버렸을지도 모를 콩 한 알 찾아
> 내 인생을 맛보여줄 한 알을 찾아서.
>
> 자카리아 무함마드, 「접시」

이 시는 인생을 하루로 잡고, 여정을 접시에 콩꼬투리를 터는 일 에 비유하고 있다. 꼬투리에서 벗어난 콩이 접시에 모아지면 가까 운 이들이 가져가는데, 심지어 지금껏 자신과 그다지 유관하지 않던 이들마저도 한줌씩 챙겨 가버려 정작 내 몫의 콩은 한 알도 남아 있지 않다.

막상 저녁이 되어서야 깨닫게 된 콩의 부재, 그제야 나 자신은 맛도 보지 못한 콩을 찾으려 수북이 쌓인 콩꼬투리를 헤집어 봤으리라. 털지 않고 실수로 던져버린 게 있을지 모른단 생각에 사방 두리번거리기도 했을 테고, 접시 밑도 살폈으리라. 없다. 방법은 하나! 의자 사이를 무릎으로 기는 수밖에. 누군가 한 알쯤은 흘리고 갔을지 모를 터. 콩꼬투리 터는 일에 전생을 걸고 매진한 나 자신에게 적어도 생애 한 번은 내 인생의 맛을 보여주는 게 나에 대한 예의이자 예우일 것이므로.

언젠가부터, 나는 스스로에게 다짐시키곤 한다. 어떤 일을 하건 나 자신을 거기 통째로 갈아 넣지는 말라고, 최선을 다하지도 말라고. 깜냥 것, 적당히, 차선으로 임하라고. 좌우도 둘러보고, 앞뒤도 바라보고 돌아보며, 하늘도 우러르고 굽이진 길에서 길 잃고 헤매기도 하면서, 그렇게 살라고. 이제는 그래도 된다고.

어떤 일이든 과한 헌신을 경계하고, 누구보다 자신을 우선 돌보라고, 그리하여 생의 저물녘에 적어도 콩 한 알을 찾기 위해 의자 사이를 무릎으로 기는 일은 없게 하라고.

자카리아는 시를 쓰기 시작했을 때 시와 자신과의 관계가 결코 간단치 않았음을 산문을 통해 언급하고 있는데. 그 첫 번째는 "이 세상의 시에 내가 무엇을 더할 것인가?"이고, 두 번째는 "사회와의 관련성"이었노라 고백한다.

어떻게 하면 기존의 아름다운 시보다 더 잘 쓸 수 있을까?

어떻게 써야 영향력이 있을까?

둘 다 자신 없는 일이었기에 심한 좌절감에 시달려야 했으며, 불확실한 시의 열매를 잡고 싶은 지나친 염원으로 '차라리 시를 쓰느니 토마토를 심는 게 낫지 않을까? 그러면 몇 달 후엔 열매를 볼 수 있고, 과즙을 맛볼 수 있으니 시보다야 낫지 않겠어?'라는 투로 혼잣말을 읊조리기까지 했을 정도였단다. 하지만 토마토 재배와 시 가운데 시의 길을 선택한 덕에 오늘 우리는 그가 써낸 시의 세례를 만끽할 수 있으니 얼마나 다행한 일이며 감사한 노릇인지.

그의 많은 시는 빨간 토마토를 한입 베어 무는 기분으로 다가오기도 한다. 상큼한 과육이 입안에서 툭툭 터지고 입술 밖으로도 주르륵 흘러내리는.

자카리아와는 2004년 한국작가회의에서 주관한 '아시아 젊은 작가와의 만남'에서 인연이 됐는데 서울, 광주, 부산, 경주, 제주에서 열린 평화와 연대에 대한 심포지엄에 김남일(소설가), 오수연(소설가)과 동행하면서 친근해졌다. 그는 강연과 시낭독과 인터뷰를 통해 모국이 처한 상황에 대해 시종일관 차분하고도 진정성 있게 전달했으며, 전쟁국가에서의 시인의 소임에 대해서도 부드럽고 담담하게 들려줬다. 무엇보다 놀랐던 건 그의 문장과 발언 하나하나가 노래이자 기도이자 시라는 점.

내가 물었다.

"최근 나는 미군 장갑차에 압사당한 여중생과 이라크 무장단체에 납치돼 피살당한 청년의 추모시를 썼어. 그뿐 아니라 도무지 개선되지 않는 정치적 모순과 참담함을 시로써 발언하기도 했지. 그런데 말이야, 실은 나도 이런 절망 말고 당신처럼 사랑과 토마토와 물거품과 장미를 노래하고 싶은데 그게 쉽지가 않아. 어떻게 사는 게 옳을까?"라고.

　　그가 답했다.

　　"나는 전쟁국에 살지만 전쟁을 깊이 생각할 겨를이 없어. 전쟁에 대해 생각하려 하면 또 다른 전쟁이 발생하거든. 늘 그래왔지. 전쟁은 나와 우리 민족의 현실이니까. 전쟁을 선택할 것인가 장미를 선택할 것인가의 차이에서 나는 늘 갈등해. 그렇지만 그것은 곧 하나야. 그러니 고민하지 마."라고.

　　전쟁과 테러가 일상인 나라에서 온 슬픈 시인에게 이런 걸 고민이라고 토로하다니. 이런 무지라니. 이렇듯 탱크와 포성으로 점철된 열사의 땅에 살면서도 영혼엔 드넓은 장미 화원을 가꾸며 살아가는 그로 인해 전쟁국가에서 왔으니 당연히 전투적이고 비애적일 거란 사고가 얼마나 위험천만한 편견이며 억측인지 단 사흘간의 동행으로 깨닫게 된 게다. 이후로 수개월 만에 다시 내한했지만, 도저한 사유와 심오한 지성을 묻고 귀 기울이기엔 나의 영어가 짧아도 너무 짧아 아쉽게도 내내 겉돌기만 했던 쓸쓸한 기억.

　　스스로를 "제주도 출신, 김작(Kim Zak)"이라 소개하는 유쾌하고 온화한 눈빛을 한 아랍 시인의『우리는 새벽까지 말이 서성이는 소리를 들을 것이다』*엔 이 시 말고도 함께 나누고픈 절창이 많다. 이 가운데 어떤 시는 누군가의 인생을 뒤흔든 시 반열에 들 테지. 지금 나를 뒤흔든 이 한 편의 시처럼.

─────────
＊ 자카리아 무함마드의 시집 제목.

나를 버티게 해준 시

―윤동주의 「서시」

박두규*

죽는 날까지 하늘을 우러러

한 점 부끄럼 없기를

잎새에 이는 바람에도

나는 괴로워했다.

별을 노래하는 마음으로

모든 죽어가는 것을 사랑해야지.

그리고, 나한테 주어진 길을

걸어가야겠다.

오늘 밤에도 별이 바람에 스치운다.

윤동주, 「서시」

* 1985년 『남민시(南民詩)』, 1992년 『창작과비평』에 시를 발표하며 작품 활동을 시작했다.
시집 『가여운 나를 위로하다』 등 5권, 산문집 『生을 버티게 하는 문장들』 등 2권을 펴냈다.

내 인생에 문학은 의도치 않은 일상의 사건으로 왔다. 문학이 나에게 온 것은 고등학교 1학년 때였다. 당시에는 개교기념일을 전후로 학교를 개방하는 행사들이 있었는데 그때 시화전이 있었다. 나는 그때만 해도 시나 문학에는 전혀 관심이 없었는데 중학교 때부터 늘 같이 붙어 다니던 이두엽이라는 친구가 시화전에 같이 시를 내자고 하였다. 친구 따라 강남 간다고 그때 친구들끼리는 어떤 일이든 가리지 않고 누가 하자면 바로 같이 하던 때였다. 시화전은 교문을 들어서면서부터 중앙 건물 현관까지 운동장 옆으로 한 100미터 정도의 진입로에 있는 아름드리의 히말라야시다 나무들 아래 전시되었다.

그때 어느 날 시화전을 같이 하자고 제안했던 친구가 새로운 소식을 가지고 왔다. 그때 시화전에 참가했던 학생들 몇몇이 모여 시 동인을 만들려고 한다는 것이었다. 나는 '동인'이 무엇인지도 잘 몰랐고 다만 국어시간에 「백조」 동인이며 「폐허」 「창조」 등의 동인지가 있다는 것만 들었을 뿐이었다. 그리고 그것은 일제강점기에나 있었던 옛날 일이라고만 생각하고 있었다. 어쨌든 친구 녀석을 따라 가보니 한 대여섯 명이 모여 있었던 것 같다. 이병천(소설가), 이두엽(문화기획사업), 이재형(번역가·저술가), 하재봉(시인·교수), 은경표(프로덕션) 등이었다. 우리는 「글내(詩川)」라는 시동인을 결성하였다. 당시 이병천이 자기 동네 이름 '시천(詩川)'을 따서 지은 것이지만 매우 신선했고 우리의 활동 또한 매우 신선(?)했다.

그때 나는 시를 교과서에서만(당시 교과서 시는 모두 일제강점기의 시인들뿐이었다.) 접했지 현재 활동하고 있는 기성시인들의 시는 전혀 모르고 있었다. 그런데 친구들은 이미 현재 문단에서 활동하는 기성시인들의 시집을 읽으며 습작을 하고 있었다. 그리고 동서양의 고전들을 섭렵해나가는 중이었고 그들의 기성시인들을 흉내 낸 시들을 보면 나는 그야말로 젖비린내 나는 동시(?) 수준의 시를 쓰는 편이었다. 우리는 도내에 있는 백일장을 다니며 장원을 휩쓸었지만(주로 이병천이 장원을 했다.) 나는 한 번도 장원을 하지 못했다. 그 당시에는 장원을 하면 우승컵 같은 것을 주었는데 우리 동인들은 한별당(전주천 근처의 식당가)의 식당 구석진 방에서 그 장원컵에 막걸리를 따라 마시며 돌리곤 했다. 기성문인들을 흉내 내어 술에 취하고 기행(?)들을 저지르고 설익은 성인시를 쓰며 한껏 센티멘탈한 동인시절을 보냈다. 나는 친구들에 대한 문학적 열등감 같은 것이 있어서 학교 공부는 작파하고 당시 기성 문인들이 펴낸 문학 서적을 읽으며 습작에 전념했다. 나는 3학년 때에야 겨우 친구들 수준에 이를 수 있었는데 그것도 친구들이 대학 진학에 힘쓰고 있을 때 나는 죽어라고 문학만(?) 했기 때문이었다. 어쨌든 우리는 『글내(詩川)』 동인지를 2권 만들고 졸업했다. 김익두(시인·교수), 이강래(역사학자) 등 후배들 몇 명을 동인으로 맞이했는데 우리가 졸업하고 나서 몇 년 후에 『글내(詩川)』 동인지는 바로 없어진 것으로 기억한다. 물론 나는 대학에 실패했고 재수생활에 들어갔다.

막 스무 살 청년이 된 그 재수시절 몇몇 친구들은 종로학원 대성학원 등을 찾아 서울로 갔지만 나는 가정형편 상 내소사로 들어갔다. 하지만 그곳에서도 대입 공부는 뒷전이고 시집이나 소설집을 읽으며 하루를 보냈다. 그때 제대로 나에게 꽂힌 시인이 윤동주였다. 많은 시인들의 시를 섭렵하던 때였지만 유독 윤동주가 나에게 온 것은 그의 시가 나의 문학적 성정머리에 맞춤옷처럼 딱 맞았기 때문이었다. 당시 서정주나 고은, 오규원, 정현종 등을 흠모했지만 윤동주는 꼭 친구처럼 혹은 나 자신처럼 느껴졌고 당시 어느 누구에게도 털어놓지 못했던 깊은 속마음을 털어 놓을 수 있다면 윤동주 같은 사람이라는 생각을 했었다. 당시 그의 평전도 없었고 그의 살아온 내력도 모르던 때였는데도 그의 시를 읽으며 그런 생각을 했었다. 그리고 훗날 그의 평전을 읽었을 때 나는 아, 하는 탄성이 나왔다. 그의 삶의 이면을 흐르는 그의 성정이 나의 그것을 보는 것처럼 비슷했기 때문이다.

그의 시는 화려한 수사가 없는데도 화려하다. 그것은 언어의 화려함이 아니라 진정성의 아우라에서 오는 화려함이다. 그의 짙은 서정성은 진정성의 바탕에서 이루어지기 때문이다. 나는 이런 약간의 생(生)의 긴장감이 있는 서정을 좋아한다. 아니 시의 서정성이라는 것은 이래야 하지 않나 하는 생각을 가지고 있는 것이다. 그리고 그는 그렇게 살다 간 것 같다. 그는 일본 유학의 학창시절을 보내지만 내면의 정신세계는 당시 북만주의 독립투사들보다도 더 엄정한 삶을 살았던 것 같다. 나는 그의 이런 면이 너무 좋았던 것이다. 다른 시들도 그렇지만 제목조차도 「서시」인 이 시가 그것을 가장 잘 보여준다.

저 광대한 우주 어디에서 불어왔는가

―윤동주의 「서시」

내가 소중히 간직하고 있는 시집 중엔 윤동주 유고시집 『하늘과 바람과 별과 詩』가 있다. 정음사 판의 이 시집은 초판 발행이 1948년이고 중판 발행이 1980년이다. 그러니까 이 시집이 나온 지는 벌써 70년이 넘는다. 나는 중판을 가지고 있고 당시 가격은 이천오백 원이다.

이 시집의 앞면지엔 내가 이 책을 산 서점과 날짜가 적혀 있다. 이걸 통해 1985년 11월 21일 에덴서점에서 샀다는 걸 알 수 있다. 지금도 기억이 새롭다. 내가 다니던 고등학교 앞 생긴 지 얼마 안된 도랑 옆의 아담한 서점. 주인은 30대 초반의 갸름하고 흰 얼굴의 문학소녀 같은 인상이었다.

난 왜 그때 그 시집을 샀는지 모르겠다. 윤동주 시집은 그전에도 읽은 적이 있기 때문이다. 문학청년이던 형이 가지고 있던 시집을 자주 보았었다. 아마도 그때 힘들게 학교를 다녀서 그러지 않았

---

* 1987년 「서울신문」 신춘문예에 시가 당선되었다. 시집 『불태운 시집』 『오리막』 『고백이 참 희망적이네』, 동시집 『오리 발에 불났다』 『지렁이 일기 예보』 『뒤로 가는 개미』 『손바닥 동시』 『무지개 파라솔』 등을 펴냈다.

을까. 나는 당시 양식을 걱정할 정도로 집안이 어려워 대학엔 가지 않는 조건으로 인문계 학교로 진학을 했었다. 그 시절 새벽에 문득 잠이 깬 나는 옆집에서 쌀을 구해 오는 어머니를 본 기억이 있다. 때문에 학교는 재미가 없었고 왜소한 몸에 신경쇠약으로 비쩍 말라 겨우 가방을 들고 다닐 정도였다. 친구 하나는 복도에서 그런 나를 보기만 하면 흉내를 내곤 했다. 그 친구는 덩치가 컸는데, 곧 쓰러질 것처럼 비실거리다가 크게 웃곤 했다. 물론 악의에서 그런 건 아니었다. 날 웃기기 위해 그런다는 걸 난 알고 있었다.

그렇게 간신히 학교를 다닌 끝에 졸업을 앞두고 나는 상심이 컸다. 모두 대학 이야기로 설레던 무렵이었으니까. 난 어디에 마음을 두어야 할지 몰랐고 인생의 낙오자처럼 생각되었다. 난 자주 고개를 숙였고 세상을 원망했고 자학했다. 그때 이 시집을 우연히 서점에서 발견하고 산 듯하다. 시집 면지 뒤쪽엔 이런 글이 사인펜으로 쓰여 있다.

"자기를 사랑하지 못하는 자가 / 어찌 남을 사랑할 수 있으며 / 남을 사랑할 줄 모르는 자가 / 어찌 자기를 사랑할 수 있겠는가."

이 글을 쓴 날짜를 보니 서점에서 책을 산 지 하루 만이다. 윤동주의 이 시집을 꽤 오랫동안 끼고 살았다. 이 시집에 실린 「서시」는 윤동주의 서시이기도 했지만 나의 서시이기도 했다. 내 삶의 어떤 방향을 나에게 심어주는 것 같았다. 그건 나를 위해 오롯이 비춰주는 한 개 별이었다. 나도 드디어 나만의 별을 갖게 된 것이다.

죽는 날까지 하늘을 우러러
한점 부끄럼이 없기를,
잎새에 이는 바람에도
나는 괴로워했다.

별을 노래하는 마음으로
모든 죽어가는 것을 사랑해야지
그리고 나한테 주어진 길을
걸어가야겠다.

오늘밤에도 별이 바람에 스치운다.

윤동주,「서시」

    이 시의 무엇이 그토록 나를 매혹케 했을까. 내 영혼을 사로잡았을까. 아마도 그때 앞이 보이지 않는 캄캄한 어둠 속 나 혼자 내던져졌다는 생각 때문이었을 것이다. 무엇보다 당장 나의 앞길을 터주는 한 톨의 빛이 간절했다. 그 길을 끝내 가리라는 어떤 절대적 힘과 용기. 그것이 무엇보다 필요했고 절실했다. 그걸 이 시에서 기적처럼 발견한 건 아니었을까. 그리고 인간 내면 깊숙이 잠재 되이 있는 그 무언가를 이 시가 건든 게 아닐까. 그것을 부끄러움이라 해도 좋고 양심이라 해도 좋을 것이다. 난 그걸 선험적으로 깨달았으니까. 아니 나도 모르게 이 「서시」에 끌렸다고 하는 게 더 맞을지도 모르겠다.

    이 시를 가만히 외우고 있노라면 그 시절 숨 막히던 가난도 끝

모를 설움도 가을날 구름처럼 말끔히 가셨다. 두 주먹에 슬그머니 힘이 가고, 주어진 '나의 길'도 희미하게 보였다. 이토록 순결한 시 어디에 그런 금강석 같은 굳센 힘이 꾸무럭꾸무럭 똬리 틀고 있었을까. 그게 시의 힘이라면 힘이 아닐까.

이 「서시」의 3행과 4행, "잎새에 이는 바람에도 / 나는 괴로워했다."의 '잎새'와 '나'가 내겐 하나의 동일한 주체로 다가왔다. 잎새에 이는 바람이 있기에 내가 괴로워하는 거고, 내가 괴로워하기 때문에 잎새에 바람이 인다고 생각했다. 동주가 이 「서시」에 앞서 쓴 「새로운 길」은 「서시」가 나오기 위한 산도(産道) 같은 게 아니었을까. 「서시」엔 한 젊은 영혼의 각오가 있고, 생의 축도(縮圖)가 있고, 뜨거운 박애와 자기애가 있다. 나는 고스란히 그걸 내 것으로 삼으려고 애썼다. 또한 이 『하늘과 바람과 별과 詩』 시집엔 그의 빼어난 동시도 여럿 수록되어 있다. 아마도 나중에 내가 동시를 쓰게 된 것도 이때 읽은 동시 덕분이 아닌지 모르겠다.

동주가 스물다섯에 쓴 것으로 알려져 있는 「서시」는 여전히 내겐 현재시제로서 서시이다. 「서시」는 늘 내게 지금의 이 '순간'이다. 내가 시를 쓰는 한, 내 숨이 붙어있는 날까지 그러하리라 믿는다. 나는 홀로 부르짖는다. 이토록 순결한 영혼은 저 광대한 우주 어디에서 불어왔는가.

나의 절망은 검은 밤처럼 깊었어라
— 휴즈의 「할렘강 환상곡」

천양희*

'인생을 절망해보지 않고는 진실한 삶을 모른다'는 말이 존재 자체가 고통이라는 말로 들리던 시절, 나는 왠지 세상에서 서늘하여 사막에 대해 생각해 보는 시간이 많았었다.

사막의 선인장이 낙타에게 묻는다. "낙타야, 너는 왜 눈이 늘 젖어 있니?" "나는 따로 울지 않기 때문이야." "그리고 또 너는 왜 뛰지 않는 거니?" "내 등짐이 무거워서란다." 이번에는 낙타가 선인장에게 묻는다. "너는 눈물도 피도 없니? 몸은 왜 가시로 무장하고 있는 거니?" "나는 울어도 속으로 운단다. 속으로 우는 모든 것들은 겉으론 강해 보인단다."

선인장은 속에 눈물 같은 찝찔한 물을 감추고 있고 낙타의 눈은 늘 젖어 있어 따로 울지 않는다. 그것이 그들 존재의 고통인 것만 같아 가슴이 먹먹할 때가 한두 번이 아니었다.

---

* 1965년 『현대문학』에 시를 발표하며 작품 활동을 시작했다. 시집 『신이 우리에게 묻는다면』 『사람 그리운 도시』 『하루치의 희망』 『마음의 수수밭』 『오래된 골목』 『너무 많은 입』 『나는 가끔 우두커니가 된다』, 육필시집 『벌새가 사는 법』, 산문집 『시의 숲을 거닐다』 『직소포에 들다』 『내일을 사는 마음에게』 『나는 울지 않는 바람이다』 등을 펴냈다. 소월시문학상, 현대문학상, 대한민국문화예술상, 공초문학상, 박두진문학상, 만해문학상 등을 수상했다.

존재가 있기 때문에 고통이 따른다는 것을 알고는 있었으나 그땐 그 선인장이 나인 것만 같고 낙타의 무거운 짐이 나의 등짐인 것만 같았다. 홀로 고통을 지고 가야하고 가는 길도 모른 채 가야하는 내 존재가 너무 무겁게 느껴져서 다음을 생각할 여지가 없었다.

벽을 마주해도 뚫고 나갈 문을 만들지 못하고 벼랑 앞에 선 듯 막막해져서 살아내는 일에 어떤 확신조차 없었다. 그때 뭉크의「절규」같은 시 한 편이 가파른 내 영혼을 벼락 치듯 울렸다. 그 전율의 울림이 그 시절을 견디게 했다. 랭스턴 휴즈의「할렘강 환상곡」이었다.

강으로 내려가 본 적이 있는가
새벽 두시에 홀로
강가에 앉아
버림받은 기분에 젖어본 적이 있는가

어머니에 대해 생각해본 적이 있는가
이미 돌아가신 어머니, 신이여 축복하소서
사랑하는 이에 대해 생각해본 적이 있는가
그녀가 태어나지 말았기를 바란 적이 있는가

할렘강으로의 나들이
새벽 두시
한밤중
홀로

신이여, 나 죽고만 싶어요

하지만 나 죽은들 누가 서운해 할까

랜스턴 휴즈, 「할렘강 환상곡」

시란 진정한 절망 속에서만 가능하다는 듯 이 시는 내 마음에 겹쳐지고 스며들어 나를 살리는 최상의 방책이 되어 주었다. 사람은 많아도 마음을 살려줄 사람은 많지 않고 시는 많아도 영혼을 뒤흔들어 줄 시는 많지 않던 때, 삶의 약동과 비애가 한 줄기임을 말해주는 이 시는 시의 근원에 대해서도 알게 해주었다.

"나의 영혼은 강처럼 깊게 자라왔다"며 영혼(soul)이란 말을 흑인들만의 위대한 정신적 특성으로 만든 최초의 흑인 시인 랜스턴 휴즈가 시 한 편으로 내 영혼도 함께 뒤흔들어 놓았던 것이다

"나는 니그로의 밤이 검은 것처럼 검고, 나의 아프리카 한복판처럼 검다"란 시로 흑인들의 영혼을 사무치게 했던 그의 시가 그래서 더욱 내 마음을 울렸던 것이다. 그때의 내 절망도 검은 밤처럼 깊었기 때문이다.

시인으로 산다는 건 구아구아(救我救我) 소리치며 지나가는 구급차를 탄 것과 같다는 생각이 들 때마다 이 시를 다시 읽어본다. 만일 이 시가 아니었으면 그때의 괴롭던 마음의 결가부좌를 어떻게 풀고 마음의 빗장을 어떻게 열었을까? 이렇듯 나는 아직도 「할렘강 환상곡」을 잊지 못한다.

얼마나 끙끙거리고 있는가
— 천양희의 「시인이 되려면」

박성우*

시인이 되려면

새벽하늘의 견명성(見明星)같이

밤에도 자지 않는 새같이

잘 때도 눈뜨고 자는 물고기같이

몸 안에 얼음세포를 가진 나무같이

첫 꽃을 피우려고 25년 기다리는 사막만년청풀같이

1kg의 꿀을 위해 560만 송이의 꽃을 찾아가는 벌같이

성충이 되려고 25번 허물 벗는 하루살이같이

얼음구멍을 찾는 돌고래같이

하루에도 70만번씩 철썩이는 파도같이

제 스스로를 부르며 울어야 한다

---

* 2000년 「중앙일보」 신춘문예에 시, 2006년 「한국일보」 신춘문예에 동시가 당선되었다.
시집 『거미』 『가뜬한 잠』 『웃는 연습』 『자두나무 정류장』, 동시집 『불량 꽃게』 『우리 집 한
바퀴』 『동물 학교 한 바퀴』, 청소년시집 『난 빨강』 『사과가 필요해』, 산문집 『박성우 시인
의 창문 엽서』 『마음 곁에 두는 마음』 등을 펴냈다. 신동엽문학상, 윤동주젊은작가상, 백
석문학상을 수상했다.

96

자신이 가장 쓸쓸하고 가난하고 높고 외로울 때*
시인이 되는 것이다

천양희, 「시인이 되려면」

게으름이 지나치다 싶을 때 꺼내 보는 시다. 엄살이 늘어갈 적에 꺼내 또박또박 소리 내어 읽어가며 마음을 다잡는 시. 노고 없이 얻어지는 것이 이 세상에 있을까, 무엇인가가 되고 싶어 하는 사람에게 이 시를 보여주며 '시인'이 들어가는 자리에 자신이 되고 싶은 그 어떤 것을 넣어 읽어보라고 이따금 권해주기도 하는 시.

아직 문단의 애송이이던 시절, 운이 좋게도 나는 천양희 시인과 대담을 한 적이 있다. 전주에서 고속버스를 타고 올랐다가 마로니에 공원으로 갔던가. 시인은 나를 반갑고 환하게 맞이해주었다. 뭐부터 여쭈어야 할지 모르겠어요, 선생님. 풋내기인 내가 준비한 질문들은 형편없었을 테지만 시인은 하나하나 진지하게 성심성의껏 대답해주었다. 대담과는 별도로 내게 따뜻한 말도 많이 해주었는데, 오랜 시간이 지난 지금도 여전히 따뜻하고 포근하다. 그런 시인한테서 내가 배워온 것은 단연 시를 대하는 자세와 삶을 대하는 자세다.

생각하면 나는 시 앞에서도 종종 주저앉았고, 막막한 삶의 벽에 막혀서도 종종 울었다. 걷다가도 눈물이 쏟아졌고 자다가도 일어나 눈가를 훔쳤다. 굵은 비가 치는 날에는 맘껏 소리를 내어 울 수

---

* 백석, 「흰 바람벽이 있어」 중에서

있어 좋았고, 아무도 없는 들판에서는 손등으로 대충 눈물을 닦아 내며 걸음을 떼기에 좋았다. 책갈피에 짠 물방울을 떨어뜨리기도 했고, 글썽글썽 물에 만 밥을 욱여넣기도 했다. 누구인가 나를 보고 있었다면 무어라 했을까. 새벽 골목으로 나가, 오백 살이 넘은 은행나무 할머니를 껴안고 꺽꺽거리기도 했고 강가 바위 위에 앉아 강물과 하늘과 먼 산을 번지게 하면서 훌쩍거리기도 했다.

그때의 나는 왜 내가 아닌 다른 사람을 보면서 살려고 했을까. 굳이 왜 내 삶과 다른 이의 삶을 비교해가며 지내려 했을까. 가깝게는 시를 쓰기 위해 몇 날 며칠이고 어디론가 떠날 수 있는 이가 부러웠고 멀게는 여행 가방을 챙겨 외국을 훌쩍 다녀오는 이가 마냥 부러웠다. 언제쯤이나 학자금 대출 갚을 걱정이나 밥걱정 없이 살아갈 수 있을까. 아무리 내가 성실한 출근을 한다 한들, 낡고 허름한 집 하나 가질 수 있는 날이 오기는 할까. 나는 아무것도 가진 게 없었으므로 평범한 일상을 살아가는 사람들이 그렇게 부러울 수가 없었다. 그럴 때마다 나는 어쩌면, 애써 시를 외면하며 절망 쪽으로 조금씩 더 기울어가고 있었는지 모른다.

아무리 생각해 봐도 운이 좋았다. 운이 좋지 않았다면 나는 분명 천양희 시인의 「시인이 되려면」도, 천양희 시인이 보여준 시와 삶을 대하는 간절한 태도도 만나지 못했을 터이다. 내 곁의 좋은 사람들과 지금의 내가 믿기지 않을 만큼 뭉클하고 감사하게 품고 있는 모든 것들 또한 마찬가지. 오래전 나는 「시인이 되려면」을 옮겨 써서 책상 앞에 붙이고 지내며 매일같이 마음 안쪽 깊은 곳에 새기곤 했는데 어느 날부터인가 나는 지극과 만족과 긍정의 마음을 가질 수 있게 되었다.

대담이 끝나갈 무렵이었다. 별생각 없이 나는 시 쓰는 습관 같은 것을 여쭈었다. 아침마다 절 세 번 하고 『반야심경』 읽고 기도를 하는 것으로 하루를 연다는 시인은 시를 쓰기 전에는 꼭 손을 씻는다는 말을 들려주었다. 집으로 돌아오는 길에 나는 '자신이 몸을 낮출 때는 걸레를 들고 바닥을 닦을 때와 절을 할 때인데 시를 쓸 때도 의자에 오르지 않고 교자상에 앉는다'는 시인의 모습을 가만가만 떠올려보았던가. 어쩜 그렇게 몸과 마음을 낮춰서 시와 삶을 높아지게 할 수가 있지? 그때 이후로 나는 몸과 마음을 단정하게 하기 전에는 책상 앞에 앉지 않는다. 그리고 가끔 질문한다. 나는 지금, 얼마나 끙끙거리고 있는가.

내 영혼 속에서 뭔가가 시작되고 있었어
―네루다의 「시가 내게로 왔다」

김영춘*

그러니까 그 나이였지… 시가

나를 찾아온 게, 모르겠어. 그게 어디서 왔는지.

겨울에서인지 강에서인지 난 모르겠어.

언제 어떻게 왔는지 모르겠어,

아니 그건 목소리가 아니었고 말도

아니었어. 침묵도 아니었어,

하여간 어떤 길거리에서 나를 부르더군,

밤의 가지로부터,

갑자기 다른 것들로부터,

격렬한 불 속에서 불렀어,

아니면 혼자 돌아오고 있었나

그렇게 얼굴 없이 있는 나를

그게 건드렸어.

---

* 1988년 『실천문학』 복간호에 시를 발표하며 작품 활동을 시작했다. 시집 『바람이 소리를 만나면』 『나비의 사상』을 펴냈다.

나는 뭐라고 해야 할지 몰랐어. 내 입은

이름들을 도무지

대지 못했고

내 눈은 멀었으며

내 영혼 속에서 뭔가 시작되고 있었어

열(熱) 혹은 잊고 있었던 날개가

그래 내 나름대로 해보았지

그 불을

해독하며,

그리고는 어렴풋한 첫 행을 썼어

어렴풋한, 뭔지 모를, 순전한

넌센스를

아무것도 모르는 어떤 사람의

순수한 지혜를,

그리고 문득 나는 보았어

하늘이

풀리고

열리는 것을

행성들과

고동치는 농장들

화살과 불과 꽃들로

어지러운

구멍 난 그림자를

휘감아 도는 밤과 우주를

그리고 나 이 미소(微少)한 존재는

그 큰 별들 총총한

허공

그 비슷한

그 신비의 이미지에 취해

나 자신이 그 심연의

일부임을 느꼈어

별들과 더불어 굴렀으며,

내 심장은 바람에 풀렸어.

파블로 네루다, 「시가 내게로 왔다」

　지금도 그렇지만 참 많은 날들을 시를 찾아 헤매고 다녔다. 그러니 그대로 살았다면 나는 내가 먼저 시에게 다가갔다고 믿으며 살아갈 수밖에 없었으리라. 네루다의 이 시를 만나기 전까지는 말이다.

　그때가 몇 살이었을까? 열아홉? 스물? 그러나 그 날이 언제였노라고 적어보는 일은 너무 우습다. 정작 나는 그때 내 앞에 선 너의 얼굴을 제대로 볼 수도 없었으며 왜 하필 나에게 찾아왔는지를 짐작조차 할 수가 없었으니까. 아마도 우리들의 몸속에서 네가 싹 터오르기에 제일 좋은 때였겠지. 네가 찾아와주지 않았다면 참으로 견디기 어려운 그런 순간이었겠지. 세상은 내 앞에 넓은 들판을 드러내며 막막하게 펼쳐져 있었고 나는 어둠 속에서 외로움 같은 것으로 숨 쉬며 무엇인가를 누군가에게 고백하고 싶었을 거야.

그때 네가 나를 불렀어. 길거리에서 사람들 속에 섞이지 못한 채 홀로 돌아오는 나를 슬쩍 건드려보더군. 침묵도 아닌, 목소리도 아닌, 처음이지만 어떤 동질의 느낌으로 내 몸속에 들어와 나를 흔들었어. 나는 누구인지, 무엇을 위해 어디로 발걸음을 옮겨야 하는지도 모르는, 그래서 어느 때는 내 얼굴조차 스스로 구분할 수 없는 존재인 나를 자꾸 네 쪽으로 잡아 흔들었어. 건들었어. 나는 너에게 말하고 싶었지. 모든 것을 간절하게. 하지만 끝내 무슨 말을 해야 하는지를 알 수 없었던 것은 물론이고 심지어는 내가 누구라고 이름조차 댈 수 없었는걸. 너는 불의 나라에서 살고 있다가 나에게 찾아온 존재라는 느낌을 받았어. 너로 인해 내 눈은 멀었지만 조금도 아픔을 느낄 수 없었고 어제와는 다르게 내 영혼 속에서 새로운 무엇인가가 움직이고 있다는 걸 알 수 있었어. 몸 안으로 펴져가는 내 영혼의 열기와 그동안 잃어버렸던 날개를 내 마음대로 움직여 보기도 했어. 모두 너의 뜨거운 몸을 생각하는 동안에 이루어진 일들이야.

내 영혼의 열기 안에서 나 스스로도 확신할 수 없는 몇 구절을 적어 나갔어. 어렴풋한, 무엇인지 모를, 순전한 넌센스를. 결국에는 그것이 아무것도 모르는 순수한 지혜가 되어 내 앞에 나타났어. 그리고 그때에서야 나는 문득 발견할 수 있었지. 내 앞에 닫혀 있던 하늘이 열리는 것을. 막막했던 세상에서 별이 생생하게 빛나고 논과 밭들이 곡식을 키우며 살아 숨 쉬는 것을. 그 초롱초롱한 큰 별들이 빛나는 허공에 취해, 신비로운 그 모습에 취해 이 먼지보다 작은 '나'라는 존재조차 그 심연의 일부임을 느낄 수 있었어. 드디어 나는 저 청천하늘의 별들과 더불어 허공을 굴렀으며, 내 가슴 속의 심장은 바람을 따라 자유롭게 휘날렸다네. 그 한계를 벗어났다네. 시가 내게로 다가왔던 맨 처음 그때에.

나는 네루다의 이 시를 1990년대에 들어서야 만날 수 있었으니 시를 쓰는 사람으로서는 퍽 안타까운 일이다. 1983년에 졸업을 했고 1988년에 시를 발표하기 시작했는데 네루다의 시를 더 빨리 만날 수 있었다면 조금 더 일찍 시에 다가갈 수 있었지 않았을까 하는 아쉬움을 종종 갖는다. 이 또한 욕망이라는 생각을 하고 있긴 하지만 그만큼 이 시는 나에게 충격과 기쁨을 동시에 안겨주었다. 무한천공의 우주 안에서 인간이 쓰는 시가 무엇이어야 하는가에 대한 대답을 이렇게 신비롭고 뜨겁게, 그리고 거침없이 자유롭게 표현한 시를 나는 아직 본 적이 없다. 오늘처럼 이런 종류의 이야기를 쓸 기회가 생겨서 「시가 내게로 왔다」를 서너 번 읽고 있노라면 갑자기 세상만사가 까마득히 멀어져간다. 참 대단한 시라고 말하며 한숨짓지 않을 수 없다.

파블로 네루다, 그는 칠레 민중혁명의 한복판을 달려갔던 전사이기도 했지만 그의 시는 늘 잔잔한 슬픔에 휘감겨 있다. 그리고 이것이 그의 시를 서정시이도록 한다. 그러나 네루다의 슬픔은 민중의 현실을 바탕으로 한 것이기에 나약한 한계로 작동하지 않는다. 그의 시가 나아가는 지평은 자유에 있다고 말할 수 있겠지만 모든 위대한 시가 그랬던 것처럼 자유가 억압으로부터의 해방에만 있는 것은 아니다. 존재하는 모든 것들이 스스로의 한계를 벗어나 아무것도 아닌 그 무엇인가로 빛나면서 자유롭기 까지를 노래한다. 아마도 네루다의 시가 우리 곁에 남아 있는 이유일 것이다.

가난한 시인의 보람
—천상병의 「나의 가난은」

이 시가 아니었다면 아마 나는 시인이 되지 않았을지도 모르겠다. 파블로 네루다는 "그러니까 그 나이였지… 시가 / 나를 찾아온 게"라고 썼지만, 바로 그 시라는 것이 나를 찾아왔을 때를 기억한다.

고3 때였다. 늘 방에 틀어박혀 소설습작을 하던 둘째 형과 대학생이던 셋째 형, 그리고 손자들 밥을 해주러 올라오신 할머니와 함께 두 칸짜리 반지하에 살던 시절이었다. 그때 할머니는 시골에서 아들며느리가 어렵사리 부쳐온 적은 돈으로 살림을 꾸리느라 시장판에서 깔끔깨나 떠는 새댁들이 배추를 사가면서 뜯어내버린 시래기를 주워다가 국을 끓이곤 했다. 그래서인지 국에서는 늘 돌이 지금거렸다. 그만큼 할머니가 눈이 어두웠던 탓도 있었을 것이다.

그 옹색한 연탄아궁이. 부엌은 따로 없었다. 그 아궁이에서 국을 끓이고, 소나무 껍질처럼 녹이 벗겨지는 풍로에 냄비밥을 했다. 어

---

* 1994년 『창작과비평』에 시를 발표하며 등단했다. 시집 『바람의 서쪽』 『산벚나무의 저녁』 『무릎 위의 자작나무』 『비유의 바깥』, 동시집 『자꾸 건드리니까』 등을 펴냈으며 백석문학상을 수상했다.

쩌다 김이 한 톳 생기면, 할머니는 지퍼가 고장 난 비키니옷장 구석에 김을 넣어두고, 하루에 두 장씩 꺼내 구워 가위로 여섯 등분을 해서 똑같이 나누어주시곤 했다. 물론 늘 당신 몫은 없었다.

그때 내 일주일 용돈은 정확히 학교와 도서관을 오갈 수 있는 회수권 값과 일치했다. 회수권 말고는 그 흔한 우유 한 팩 사먹을 돈도 없었다. 뒤늦게 시골에서 전학을 온 처지라, 새벽같이 일어나 밤늦게 돌아오지 않으면, 바뀐 과목과 어긋난 진도를 따라갈 수 없었던 까닭에 특별히 돈을 쓸 일도 없긴 했지만. 문제는 내가 서울살이에 그렇게 능숙하지 못하다는 데 있었다. 태릉입구에서 상계동으로 통학을 했는데, 가끔 노선이 서로 다른 빨간 번호판과 파란 번호판의 버스를 바꿔 타버려서 회수권 하나를 허비하게 되면 영락없이 상계동에서 태릉입구까지 걸을 수밖에 없었다.

그러던 어느 날이었다. 아마 밤 열한시쯤 집에 돌아왔을 것이다. 그때 우리가 가진 텔레비전은 채널을 펜치로 돌려야 하는, 빛바랜 흑백사진 같은 화면을 가진 것이었다. 거기, 그 흐릿한 화면에 손목은 뒤로 비틀어지고, 일그러진 얼굴마저 옆으로 획 돌아간 사람 하나가 호숫가를 걷고 있었다. 시인 천상병이었다. 여린 바람에 흔들리는 부들 끝에는 고추잠자리가 앉아 있었다. 그리고 내레이션과 함께 자막이 흘렀다.

오늘 아침을 다소 행복하다고 생각는 것은
한 잔 커피와 갑 속의 두둑한 담배,
해장을 하고도 버스값이 남았다는 것.

오늘 아침을 다소 서럽다고 생각는 것은
잔돈 몇 푼에 조금도 부족이 없어도
내일 아침 일도 걱정해야 하기 때문이다.

가난은 내 직업이지만
비쳐오는 이 햇빛에 떳떳할 수가 있는 것은
이 햇빛에도 예금통장은 없을 테니까⋯⋯

나의 과거와 미래
내 사랑하는 아들딸들아,
내 무덤가 무성한 풀잎으로 때론 와서
괴로웠을 그런대로 산 인생. 여기 잠들다. 라고,
씽씽 바람 불어라⋯⋯

천상병, 「나의 가난은」

나는 가방을 내려놓지도 못하고 화면에 마음을 온통 빼앗긴 채
서 있었다. 그때도 나는 내심 스스로 문학소년이었지만, 시에는 큰
매력을 느끼지 못하고 있었다. 참으로 현란한 말들의 성찬과 갖은
고상을 떨어대는 느끼함, 그리고 조립된 부품을 줄줄이 읊어대는
것 같은 그 무슨무슨 수사법 타령이라니. 내게는 그런 것이 참 할
일 없이 여겨졌다.

그런데, 그게 내게 온 것이다. 시가. 그건 바로 나의 얘기였다. 아
니, 나 같은 촌스럽고 가난한, 별 볼일 없는 삶을 일순간에 들어 올
리는 얘기였다. "한 잔 커피와 갑 속의 두둑한 담배, / 해장을 하고

도 버스값이 남았다"니! 그날 아침에 시인은 참으로 부자였던 것이다. 그러나 그렇기는 해도 그나 나나, 아니 우리 모두 "내일 아침 일"을 걱정해야 하고, '예금통장 없는 햇빛'과 벗해서나 기를 펼 수 있었던 것이다. 아니, 그렇기 때문에 오히려 "비쳐오는 이 햇빛에 떳떳할 수가 있는 것"이었다.

그의 시는 학교에서 존경할 만한 시인이라고 입에 침이 마르던 그런 사람들의 것과는 판이하게 달랐다. 나의 처지와 가까우면서, 말하자면 나와 같은 자리에 서 있으면서 동시에 그로부터 얼마간 거리를 확보하면서 삶의 깊이를 돌아보게 하는 어떤 충격. 그 소박하게 사치스러운, 가난하게 부유한! 그 시로 인하여 낮디 낮은 내 삶은 단숨에 허름한 제 속내를 투명하게 드러내면서 조용히 날아오르는 새처럼 가볍게 비상하는 것이었다.

천상병 시인은 이렇게 쓴 바 있다. "저녁 어스름은 가난한 시인의 보람인 것을……"(「주막에서」). 그는 왜 하필 가난한 '저녁 어스름'에서 시인의 보람을 찾은 것일까? 그것은 아마도 그 시간이 스스로를 스스럼없이 돌아보게 하는 그런 시간이어서가 아닐까. 생각건대, 왜 시인은 외롭고 힘겨운 시 쓰기의 수고를 아끼지 않는 것일까? 아마도 시가, 쓰는 사람과 읽는 사람을 함께 성찰 속에 있게 한다는 그 평범한 진실이 쓰는 노고는 물론 읽는 고생까지를 아끼지 않게 하는 것은 아닐까. 자신을, 삶을 돌아본다는 것, 그것이야말로 사람이 가진 가장 큰 아름다움이며, 시의 가장 큰 원천은 아닐까.

내가 정작 시를 써야겠다고 작정한 것은 그로부터 십 년이 훨씬 지난 뒤였지만, 그때의 일이 아니었다면 나는 아마도 시인이 되지 않았을 것이다. 그리고 가끔 시란 무엇이고, 지금껏 나는 왜 시를 쓰고 있는가 생각할 때, 그토록 생생한 모습으로 시라는 것이 나를 찾아왔던 때를 떠올리곤 한다.

쓸쓸하던 사춘기의 어느 날

—주요한의 「빗소리」

김사인*

비가 옵니다.

밤은 고요히 깃을 벌리고

비는 뜰 우에 속삭입니다.

몰래 지껄이는 병아리 같이

이지러진 달이 실낱같고

별에서도 봄이 흐를 듯이

따뜻한 바람이 불더니

오늘은 이 어둔 밤을 비가 옵니다.

비가 옵니다.

다정한 손님같이 비가 옵니다.

창을 열고 맞으려 하여도

---

* 1981년 「시와 경제」 동인 결성에 참여하면서 시를 발표하기 시작했고, 1982년 무크 『한국문학의 현단계』를 통해 평론도 쓰기 시작했다. 시집 『밤에 쓰는 편지』 『가만히 좋아하는』 『어린 당나귀 곁에서』, 편저서 『박상륭 깊이 읽기』 『시를 어루만지다』 등을 펴냈다. 현대문학상, 대산문학상, 임화문학예술상, 지훈상을 수상했다.

110

보이지 않고 속삭이며 비가 옵니다.

비가 옵니다.
뜰 우에 창 밖에 지붕에
남 모를 기쁜 소식을
나의 가슴에 전하는 비가 옵니다.

주요한, 「빗소리」

　내 인생의 시편들을 꼽으라 한다면, 우선 대학 2학년 때 『창작과
비평』 1975년 봄호에서 만난 김지하의 「빈산」 「모래내」 「1974년
1월」 등의 소슬한 비장(悲壯)을 먼저 들어야 한다. 또 신경림 시집
『농무』의 시편들 이면에 낙백(落魄) 절필의 10년이 있음을 발견하
고 받았던 위안과 감동을 잊을 수 없다. 그와 더불어 『풀잎』의 강
은교와 『처용』의 김춘수가 지닌 주술적 매력과 신선한 이미지들에
깊이 매료되었던 한 시절을 또한 어찌 부인할 것이랴. 그러나 이
시인과 시편들은 청년기를 1970년대의 이른바 대통령 긴급조치
와 함께 보낸 이들이라면 누구에게나 끼친 바가 컸을 것이다. 하니
좀 더 내밀한, 감춰진 그 무엇을 내 속에서 뒤져내야 할 듯하다.
　중학교 2학년 때이니 해로 치면 1969년이다. 나는 혼자 힘으로
는 잘 이기지도 못할 솜이불 한 채를 짊어지고 고향 두메에서 생면
부지의 대전으로 단신 유학을 나와 외가 먼촌 아주머니 댁에서 얼
마간 기식하고 있었다. 그 댁도 방 두 칸의 산비탈 오두막 한 채가
전 재산이었고, 우리 집 또한 이런 저런 사정이 겹쳐 내 식비조차
제때 조달하기 어렵던 형편이었으니 애도 어른도 모두 딱하던 시

절로 기억된다.

어린 마음에도 처지가 울적하고 섦어 제법 감상에 젖었던 모양이다. 일요일이었고, 집은 비었고, 아마도 초가을 비가 왔던가. 교과서 외에 읽을거리가 달리 없던 무렵이어서 하숙집 아래 윗방으로 굴러다니던 묵은 여성잡지(『주부생활』과 『여원』 몇 권)가 그저 유일한 과외독본이었다. (그나마 누가 있을 때는 눈치가 보여 차마 손댈 수 없는 책들이었는데, 왠가 하면 그 속에는 몇 번을 봐도 싫증이 나지 않을 늘씬한 미녀들과 여성 내의, 화장품 광고와 '어찌하오리까'조의 연애문제, 성문제 상담이 적잖이 들어 있었던 때문이다. 숫기 없는 산골 촌놈이 그만큼 면구스럽고도 황홀한 신천지를 당시 어디서 또 만날 것이랴.) 배를 깔고 엎드려 그것들을 뒤적거리다가 잡지 어느 귀퉁이에선가 이 시와 부딪혔고, 그것은 가시방석 같던 내 처지와 소년스런 설움의 어느 귀퉁이를 건드려 눈물이 핑 돌게 했던 듯하다.

그러나 그때 이후 다시 이 시를 따로 찾아본 일도 없었고, 지은이도 당연히 외우지 못했다. 주요한이란 이름이며 「빗소리」란 제목을 안다 싶게 알게 되고, 그 전편을 다시 만나게 된 것은 대학에 들어와 국문학을 전공으로 택하고도 한참 뒤의 일이었다. 그렇지만 생각해 보면 철 든 이후에도 내내 이 시의 첫 연은 뇌리에서 지워진 적이 없었던 것 같고, 그것을 가만가만 외노라면 이상하게도 마음이 고즈넉해지곤 했었다.

아무튼 중학 시절 그 날로 하여 내 인생이 어긋나기 시작했던 것이니, 사연인즉 이렇다. 그날 이 시의 가락을 흉내 내어 나는 시라는 것을 처음으로 지었고, 그것을 모두 한 편씩 제출하라는 국어시간의 과제로 냈던 것이다. 제목은 「노을」이었던 게 기억나고,

대략 "그리움과 사랑을 다 불사르지 못하고 저렇게 서녘으로 스러져 가야 하는 심정을 그대는 아시는가" 어쩌구 하는 신파조였으며, '~습니까'체 어미였다는 것이 기억날 뿐 기타 내용은 불상(不詳)이다. 이 최초의 시를 짓는 동안 무슨 비련의 주인공이라도 되는 양 나는 자못 비감스럽고 흥분해서 밤이 늦도록 몇 번을 고쳐 적었다. 그 시절의 치기와 감상과 그 나이 깜냥의 번민들이 미소와 함께 떠오른다.

그쯤만이면 좋았을 것을, 국어 선생님(외람되이 함자를 들자면 김자 종자 두자 선생님)께서 하필 그 시를 골라 들고 이 반 저 반 수업마다 낭송을 시키고 '시는 이렇게 쓰는 것'이라고 광고를 하신 덕분에, 꾀죄죄하던 촌것이 대전 본바닥 개구쟁이들로부터 신기해하는 시선과 함께, 일약 사람대접을 받게 되었던 것이다. 기억컨대 비록 잠시였지만 나는 몹시도 좋고 으쓱했었다.

그런데 또 그쯤에서 끝났으면 좋았을 것을, 선생께서 그 시를 그 지역의 무슨 중고생 문예공모에까지 보내셨던 모양으로, 친구들도 나도 다 잊을 만큼 지난 얼마 뒤 느닷없이 나는 상이라는 것을 전달받게 되었다. 그 생애 첫 문학상 명색은 '장려상'이었는데('차하'도 못 되는 상인 바람에 전체 조회에서 불려나가는 영광은 누리지 못함), 상품은 어쩌자고 『아뽀리내애르 시집』(장만영 역)이었다. 중학교 2학년이던 당시의 내 견문으로 듣느니 처음인 시인일 뿐 아니라(내 주변 아무도 그를 몰랐다!) 이름도 어쩐지 발음하기 얄궂고 내용도 당최 알아먹을 수가 없어, 어쨌거나 상이라니 시렁에 잘 모셔두는 수밖에 없었다.

그런데 참으로 그쯤에서 그쳤더라면 내 인생이 지금보다는 좀 피었을지도 모른다. 못된 송아지 엉덩이에 뿔난다고, 그 상이 빌미가 되어 나는 중3인 주제에 어느 남녀고등학생 문학동인회의 '예비동인'에 스카웃(?)되는 영예를 누렸고(동인이라는 말이 무슨 뜻인지 몰랐지만 몹시 근사했다.), 이후 매주 토요일마다 부지런히 쫓아나가 선배들의 합평회 자리에 끼어 앉아 시키지 않은 겉멋만 들기 시작했고, 고등학생이 되어서는 시건방도 제법 물이 오른 데다 한 발 일찍 들어왔다는 위세까지 보태져 '동급생들 내심 깔보기'를 제 할 일로 삼았다. 같잖아서 쓴웃음을 금치 못할 노릇이지만 어쨌든 그때는 그랬다.

그렇게 버그러지기 시작한 인연이 꼬리를 물어 대학마저 국문과를 다니고, 이후 글 쓴답시는 동네 말석에 틀고 앉아, 쓰라는 글 제때 안 쓰는 것을 벼슬로 삼고, 부탁 없는 글 먼저 쓰지 않는 것을 대단한 자랑인 줄 알며, 흰 목 젖히고 남의 글 트집이나 잡고, 무위도식으로 세월에 몽니를 부려 마침내 오늘에 이르고 말았다. 우습다, 인생 거덜내기의 수월함이여!

이 모든 것이 거금 50여 년 전의 그 마음 둘 데 없던 일요일 때문이며, 『주부생활』(혹은 『여원』) 때문이며, 송아 주요한의 저 「빗소리」 때문이며, 김종두 선생님 때문인 것이다. (그러나 그 모든 애틋한 인연들에 축복이 있기를!) 지금도 이 시를 가만가만 따라 읽노라면 마음이 나지막해지고 슬퍼지는 것을 어쩌지 못한다. 내 인생의 시 첫 자리에 남몰래 이 시를 놓지 않을 수 없는 까닭이다.

나 자신의 노래를 부르라

— 휘트먼의 「나 자신의 노래」

김해자*

한파에 길이 꽁꽁 얼어붙어 집 밖에 나가 본 지 닷새가 지났다. 아침에 창을 여니 폭설을 퍼붓던 날이 있었나 싶을 정도로 화창하다. 오랜만에 드러난 햇살을 손에 비쳐본다. 맞은편 망경산은 나무가 베인 발치쯤에 흰 눈을 아직 벗지 못하고 있다. 흰 지붕을 인 집들과 들판 가장자리에 붉은 점 두 개가 흐릿하게 보인다. 마을 회관 앞이다. 맹대열과 오인자 어매 같다. 파란색과 붉은색 칠이 벗겨진 맥주집 의자 위에 앉아 있는 붉은 꽃 두 송이가 시적이다. 공중에 새가 휙 지나간다. 너무 빨라 내가 잘못 본 게 아닌가 싶어 다시 보는데 다른 놈들이 이어 휙 지나간다. 너무 빠르게 날아가서 문득 공중이 새를 찰나에 낳은 것 아닌가 하는 생각까지 든다. 언어는 아직 오직 않았지만 시적 순간이다. 시라는 것을 언제부터 쓰기 시작했나? 무엇 때문에 '시'라 불리는 어떤 시간에 참여하고 싶었던 걸까? 왜, '시적 순간'의 도래에 감사하며 그것들을 '시'

---

* 1998년 『내일을 여는 작가』로 등단했다. 시집 『무화과는 없다』 『축제』 『집에 가자』 『해자네 점집』, 산문집 『민중열전』 『내가 만난 사람은 모두 다 이상했다』, 시평 에세이 『시의 눈, 벌레의 눈』 등을 펴냈다. 전태일문학상, 백석문학상, 이육사시문학상, 아름다운작가상, 만해문학상, 구상문학상을 수상했다.

라는 노동에 바치는 시간이 내 삶에서 주요하게 되었을까? 시인과 결부된 첫 기억은 중학교 2학년 때 국어 선생님이 나를 '시인'이라 불러준 일이다. 반 아이들은 시인으로 호명하는 것에 대해 자연스럽게 받아들였던 것 같다. 약간의 우스꽝스럽고 놀리는 눈빛도 포함한 채.

시를 써야겠단 생각이 30대에 불현듯 찾아왔다. 시 공부도 안 한데다, 읽은 시집이 몇 권 안 된 내게 시를 쓰라고 충동질한 것이 뭔지 아직도 확실하지 않다. 더 중요한 것은 쓰려면 시를 일단 알아야 하는데 첫 단추부터 어려웠다. 할머니들이 봉제공장 평상 위에서 갓 만든 잠바 실밥을 또각또각 따는데, 마침 창으로 석양이 비쳐 할머니들 흰머리 위에서 먼지들이 놀고 있다고 썼더니 후배들이 웃었다. 시가 아닌 모양이었다. 새가 어미의 날개짓을 보고 따라하다 어느덧 자유자재로 날게 되는 날이 오듯이, '아 이런 게 시구나' 하는 순간이 오긴 올 텐데, 내가 읽은 학습 안내서로서의 시들은 너무 어렵거나 힘이 잔뜩 들어가 있었다. 내가 지닌 몇 권 안 되는 시집 중 김수영 시집이 있었는데, 시를 읽다 절망에 가까운 느낌이 오기도 했다. 참여시 최고봉으로 이해하고 있던 시조차 반의 반도 이해가 안 되었던 것이다. 이해가 감동의 전제는 아니라서, 감동이 팍 오는 시도 제법 있었지만, 전체적으로 너무나 난해하고 모호했다. 기가 팍 죽었다. 나는 재능이 없나보다, 내가 바보인가 보다, 하는 생각도 올라왔고, 시가 이렇게 어려워야 하나 싶기도 했다. 만사는 제때 오게 되어있고, 시도 때맞춰 당도하나 보다. 딸아이가 다니던 탁아소에서 작은 도서관을 운영하다 말았는데, 그때 탁아소 선생님들이 책(가장 무거운 짐)을 듬뿍 안겨주었다.

그 무더기 속에서 촌스러운 꽃 두 개 그려져 있고, 초록색 네모 바탕 위에 『풀잎』이라 쓰인 책이 어느 날 내 눈에 뜨였다. 꼬질꼬질하고 책갈피마다 누런빛으로 도배된 그 시집이 받은 지 20년 만에 나에게 당도한 것이다. 시를 쓰기에는 정신이 너무 늙어버리지 않았나 싶은 내게.

(…중략…)

혼혈 소녀가 경매대에서 팔리고, 주정뱅이가 술집 난로가에서 졸고 있다,

기계공은 셔츠의 소매를 걷어 올리고 경관은 자기 지역을 순찰하고 문지기는 지나가는 사람들을 주목한다,

젊은 녀석이 운송화물차를 몰고(나는 그를 모르지만 그가 좋다),

혼혈아가 경주에 나가기 위해 운동화 끈을 조른다,

서부에서의 칠면조 사냥은 늙은이 젊은이 모두를 모이게 한다,

어떤 이는 엽총에 기대고 어떤 이는 통나무에 걸터앉아 있다,

군중 사이에서 명사수 하나가 걸어 나와서 자세를 취하고 총을 겨눈다.

새로 이민 온 무리들이 선창과 부두를 뒤덮는다,

사탕수수밭에서 양털 머리의 흑인 노예가 풀을 뽑고 말 탄 감독은 그것을 지켜본다,

무도장에서 나팔 소리가 울리자 신사들이 파트너 쪽으로 달려가고, 춤추는 짝들이 서로에게 인사를 한다,

삼나무 판장의 지붕 밑 방에서 젊은이 하나 눈을 뜬 채 드러누워서 고운 음조의 빗소리에 귀를 기울인다,

휴런 호수로 흘러드는 시내에서 미시간 주의 어부가 물고기 덫을 드리운다,

노란 테를 두른 옷을 입은 여자가 사슴가죽 구두와 구슬 백을 팔고 있다,

미술 감정사는 몸을 옆으로 구부리고, 눈을 가느스름하게 뜨고서 전시장을 돌아보고 있다,

갑판에서 일하는 선원이 배를 단단히 묶어 매는 동안 널판 다리가 놓여져 하선객을 건너게 한다.

누이동생이 실꾸리를 두 손으로 잡고 있고, 언니는 그것을 실패에 감으며, 때때로 실이 엉키면 쉰다.

(…중략…)

월트 휘트먼, 「나 자신의 노래 15」 부분

이게 무슨 시인가, 하면서도 계속 읽어나갔다. 재밌고 활기가 느껴지고 사람 숨소리가 느껴지고 모습이 그려졌다. 나이 쉰 되어서야 전적으로 다 이해되는 시를 만나다니. 우리나라 시도 이해 못하면서 번역 시 다음에 원본인 영어까지 이해되다니. 우리 동네 할매들에게 읽어줘도 알아들을 시였다. 그런데 이게 정녕 시란 말인가? 누가 이렇고 누가 저러고 있고……, 이렇게 아무렇게 사람들과 풀과 말과 강을 나열해도 시가 되나? 의문에도 불구하고 나는 감동했음에 틀림없다. 영혼을 흔든다는 것이 무슨 거창한 토네이도 같은 게 불어 닥치는 충격이 아니라, 용기를 주고 내 안에 있는 길을 발견하게 해주는 것 아닐까. 그렇다면 영혼이 반응하는 것은 내 자신과 외적 세계와의 공감 혹은 실감이 아닐까. 시는 그것을 교직하

여 삶을 보여주는 것 아닐까.

늦깎이로 등단한 주제에 몇 편 쓰지도 못하고 알 수 없는 시의 숲에서 길을 잃어버린 내게 휘트먼의 시는 나 자신의 노래를 부르라고 하는 것 같았다. 터무니없는 낙천성을 동반한 그는 물질과 영혼을 구별하지 말라고 알려주는 것 같았고, 신과 내 옆의 이웃을 구분하지 않고 사람과 말과 닭을 인간의 잣대로 분리하지 않는 것이 시라고 일러주는 듯했다. 더욱이 만사를, 시를 너무 심각하게 대하는 내게, 진지하되 심각하지는 말라고, 세상에서 도움이 되는 뭔가를 하되, 일부러 주려하거나 소리 높이지도 마라고 속삭이는 듯도 했다.

가축들을 지켜보던 몰이꾼은 옆길로 새려는 녀석들을 노래로 어른다,

행상인은 등에 진 짐으로 땀을 흘리고,(고객은 한 푼 두 푼을 깎는다.)

신부는 흰 드레스의 주름을 펴고, 시계의 분침은 더디게 움직인다,

아편쟁이는 굳어진 머리로 멍하니 입을 벌리고서 몸을 기울인다,

창녀는 숄을 질질 끌고, 그녀의 모자는 흔들흔들하는 여드름투성이의 목 위에 매달려 있다,

군중이 그녀의 욕지거리를 비웃고, 사내놈들은 조롱하며 서로 눈짓한다.

(가엾은! 나는 너의 욕을 비웃거나 조소하지 않는다.)

(…중략…)

차타휴치강, 혹은 알타마호강에 깔린 어둠 속에서 횃불이 타오르고,

늙은 노인들은 아들, 손자, 증손을 거느리고 저녁식탁에 앉아 있다,

어우도비 벽돌 담 안이나 캔버스 천막 안에, 사냥꾼과 덫꾼들이 그 날의 사냥을 끝내고 쉬고 있다,

도시도 쉬고, 시골도 쉰다,

산 자는 주어진 자기 시간을 자고, 죽은 자도 주어진 자기 시간을 잔다,

늙은 남편은 아내 곁에서 자고, 젊은 남편도 아내 곁에서 잔다,

그리고 그것들은 안으로 향하여 내게 오고, 나는 밖으로 향하여 그들에게로 간다,

그리고 그런 것들이 그러하듯이, 그런 것들은 많건 적건 나다,

그리고 그것들을 모두 가져와서 나는 내 노래를 짠다.

월트 휘트먼, 「나 자신의 노래 15」 부분

영혼을 흔든다는 것은 무엇일까? 커다란 충격과 함께 감동이 밀려와 나를 전율시키는 어떤 상태를 의미한다면, 그것은 휘트먼 개인의 노래이자 인류의 노래이자 한국사람 '나 자신의 노래'로 받아들여지는 경험도 포함되는 게 아닐까. 정규교육을 받지 못한 휘트먼이 이 시집을 냈을 때, 평단과 언론은 그를 비난하거나 묵살했다. 이게 무슨 시냐. 힐책과 냉대 속에서도 그는 용기를 잃지 않았다. 자신의 "안으로 향하여" 오는 19세기 중반 미국 롱아일랜드나 부룩클린 거리와 항구와 숲에서 "밖으로 향하여 그들에게로" 갔다.

"그리고 그런 것들이 그러하듯이, 그런 것들은 많건 적건 나"였고, "그것들을 모두 가져와서" 자신의 노래를 짰다. 휘트먼은 "한 아이가 두 손에 가득 풀을 가져오며, "풀은 무엇입니까?"라고 내게 묻자, "내가 어떻게 그 아이에게 대답할 수 있겠는가. 나도 그 애처럼 그것이 무엇인지 모른다.'고 고백한다. "나는 그것이 필연 희망의 푸른 천으로 짜여진 나의 천성의 깃발" 아니면 풀 혹은 어린아이 혹은 "모양이 한결같은 상형문자일 것이라고." 추측한다.

휘트먼은 "몸을 바꾸어 동물과 함께" 살며, "아주 태평하고 자족하"는 동물을 오래 바라본다. "어둠 속에 일어나, 저희 죄 때문에 울지 않"고, "신에 대한 의무를 논하여 나를 괴롭히지 않는" 그들, "한 놈도 불만인 놈은 없고, 한 놈도 소유욕으로 미쳐 있지 않"는, 짐승이자 중생이자 영혼이자 물질인, '모든 그들'을 바라본다. 바라볼 시간도 공간도 여의치 않은 문명인이라 부르는 우린 너무 오래 격리되어 있는 것은 아닐까. 현대인이라 불리는 우리는 너무 많이 자연스러운 밖과의 연결을 잃어버린 것은 아닐까. 오늘날 시는 제안으로만 구덩이를 파고 있는 건 아닐까. 시인조차 너무 빨리 자기 자신의 노래를 부를 수 있는 "많건 작건 나"인 타자와 연결된 창을 너무 오래 닫고 사는 건 아닐까. 이 세계에 존재하는 무한한 '그것들'과 연결된 낚시코 하나만 들여다보는 건 아닐까.

내가 타자가 아닌 이상 우리는 그가 될 수 없다. 내가 바라보는 외적 풍경이 추측에 불과하더라도 그것이 내 눈과 귀와 마음에 맺힐 때 그럼에도 그것은 수많은 나의 일부다. 수백 명의 각자가 개성을 갖고 풀려나오는 시, 평생을 고쳐 보완하고 더 쓰면서 죽을 때까지『풀잎』한 권만 쓴 시인이 오늘 내게 다시 묻는다. 나 또한 수없는 그들과 때로 익명의 당신들을 통해 나 자신의 노래에 이르는 게 아닐까. 밤하늘 별이 아무리 멀리 떨어져 있다 하더라도 내 눈에 보이고 나와 연결되고 나의 정신과 육체를 이루는 것처럼, 저 마을회관 앞에 붉은 점 두 개가 아무리 멀다 하더라도.

신석정 시인의 무덤을 찾아서

이동순*

　1960년대 중반, 나의 고등학교 시절은 어찌 그리도 마음의 평정이 이루어지지 못했던 것인가? 한날 한 시도 화평한 날이 없이 그저 조마조마한 가슴으로 혹시라도 무슨 불길한 일이 밀어닥치는 것은 아닌지 심장을 조이던 날이 많았다. 끊임없이 이어지던 가족 간의 불화, 갈등, 소란 속에서 소년시절의 꿈과 포부는 산산조각이 나버렸다. 그 모든 것이 오직 어머니의 부재 때문이었다. 마땅히 제자리를 지켜야 할 어머니가 고향 땅 나정지(羅井池) 골짜기에 백골로 쓸쓸히 누워계신 것이었다. 그 어머니의 공간은 성격이 가파른 다른 여인이 들어와 행세를 자처하고 있었으니 진짜 모성의 결핍과 부재의 상처는 온통 정신의 얼룩과 누더기로 둘둘 말려 있는 형국이었다. 이렇게도 힘들었던 소년기 마음의 생채기를 보듬어 안고 껴안아주신 분이 계셨으니 바로 신석정 시인이었던 것이다.

---

* 1973년 「동아일보」 신춘문예에 시, 1989년 「동아일보」 신춘문예에 문학평론이 당선되었다. 시집 『개밥풀』 『물의 노래』 『강제이주열차』 『독도의 푸른 밤』 등 19권을 펴냈으며 분단 이후 최초로 백석 시인의 작품을 수집 정리한 『백석시전집』을 편찬해서 문학사에 복원시켰다. 민족서사시 『홍범도』(전5부작 10권)를 펴냈고 신동엽문학상, 김삿갓문학상, 시와시학상, 정지용문학상 등을 수상했다.

내 아버님보다 한 살 위인 어른이시며 또한 멀리 전북 부안 땅에 기거하고 계신지라 직접 대면할 겨를은 전혀 기대할 수 없었지만 국어교과서에 실려 있는 선생의 시작품 여러 편에는 어김없이 '어머니'란 시어가 등장하곤 하였다. 깜짝 놀라서 읽어보면 선생의 시작품에서 어머니는 세상을 떠나신 내 어머니가 아들 걱정으로 멀리 가시지 못한 채 늘 아들 곁을 맴돌며 눈물에 젖은 얼굴로 물끄러미 지켜보시는 광경을 떠오르게 하였다. 선생의 시작품 속에서 어머니는 아들과 저물어가는 저녁놀을 배경으로 능금을 함께 따기도 하고, 아들을 품에 자상하게 안고 등을 토닥거려주시기도 하였다.

늘 잔잔하고 자애로운 음성으로 어머니의 모정을 듬뿍 느끼게 해주신 분이 바로 신석정 시인이다. 나중에 문학사를 공부하고 난 뒤에 알게 된 사실이지만 선생께서는 인도의 시인 타고르를 흠모하여 그분의 시풍을 듬뿍 받아들이며 시정신을 공부하였다는 것이다. 식민지시대 제국주의에 시달리고 고통을 겪던 민중들에게 이 따뜻하고 다정한 느낌의 모정은 마치 솜이불처럼 부드럽고 아늑했을 터이다. 그것 하나만으로도 신석정 시인의 역할과 시대적 책무는 크고 놀라운 산봉우리를 이룩하였다. 늘 주변에 감화를 주셨으며 제국주의를 비판하였고, 분단과 독재를 증오하였다. 또 하나 놀라운 것은 신석정 시인이 백석 시인과 서로 좋아하여 각별한 우정을 나누었을 뿐 아니라 헌시(獻詩)도 주고받곤 했다는 사실이다. 북엔 백석이요, 남엔 석정이란 말까지 있었을 정도였다니 특별한 경우이다.

고등학교 시절, 방과 후 도서실에서 나는 신석정 시인의 시집을 찾아서 읽었다. 한 권을 읽고 나니 그 다음 시집이 궁금해졌다. 그렇게 읽은 시집이 도합 세 권. 『촛불』, 『슬픈 목가(牧歌)』, 『빙하(氷河)』. 시집마다 시인의 영롱한 시정신이 마치 잘 익은 석류 알처럼 빼곡히 들어차 있었다. 나는 마음에 드는 시작품을 종이에 따로 옮겨 적어서 방벽에 붙여두고 출입할 때마다 소리 내어 낭송하였다. 내가 현대시 창작의 리듬이나 문장의 흐름, 시적 톤의 강약을 조절하는 방법 따위를 공부하는 일은 바로 그 시절에 자연스럽게 석정 시인의 시를 낭송하면서 터득하게 되었던 듯하다.

비오는 언덕길에 서서 그때 어머니를 부르던 나는 소년이었다.
그 언덕길에서는 멀리 바다가 바라다 보였다.
빗발 속에 검푸른 바다는 무서운 바다였다.

어머니 하고 부르는 소리는 이내 메아리로 되돌아와 내 귓전에서 파도처럼 부서졌다.
아무리 불러도 어머니는 대답이 없고, 내 지친 목소리는 해풍 속에 묻혀 갔다.

층층나무 이파리에서는 어린 청개구리가 비를 피하고 앉아서 이따금씩
나를 물끄러미 바라보고 있었다.
나는 청개구리처럼 갑자기 외로웠다.

쏴아… 먼 바다소리가 밀려오고, 비는 자꾸만 내리고 있었다.

언덕길을 내려오노라면 질푸른 동백 잎 사이로 바다가 흔들리고
우루루루 먼 천둥이 울었다.

자욱하니 흐린 눈망울에 산수유꽃이 들어왔다.
산수유꽃 봉오리에서 노오란 꽃가루가 묻어 떨어지는 빗방울
을 본 나는
그예 눈물이 펑펑 쏟아지고 말았다.

보리가 무두룩히 올라오는 언덕길에 비는 멎지 않았다.
문득 청맥죽을 훌훌 마시던 어머니 생각이 났다.
그것은 금산리란 마을에서 가파른 보리고갤 넘던 내 소년 시절
의 일이었다

신석정, 「어머니의 기억」

석정 시인의 묘소로 가는 길은 구불구불한 산등성이를 깎아서 내었고, 더 이상 차가 갈 수 없는 곳에 다다르자 산자락을 넓게 다듬어 평토를 하고 잔디를 입힌 영월 신씨 가문의 가족 묘역이 나났다. 이 무덤들 가운데 가장 양지바르고 아늑한 중앙에 석정 시인 부부의 묘소가 있었다. 유택의 첫 인상은 석정 시인의 시작품에서 풍기는 평화롭고 사랑스러운 느낌이 감도는 명당이었다. 나는 묘소 앞에 무릎을 꿇고 술잔을 가득 채워 올린 뒤 두 번 정중히 절 드리었다. 가슴 속에는 만감이 교차하였다. 몹시도 소란하고 견디기가 힘들었던 소년시절의 쓰라린 추억들이 가슴 속을 삭풍처럼 날카롭게 불어갔다. 그것은 순식간에 휩쓸고 간 파노라마였다. 몸서

리쳐지는 악몽의 기억과 그 잔상들이 떠올라 눈을 질끈 감았다. 그때 석정 시인은 무덤 속에서 슬그머니 나오셔서 내 어깨를 다정하게 감싸며 안아주셨다.

"그 모든 것은 다 지나간 일이야. 어떤 기억들도 너의 오늘을 다치게 하지 못하지. 아무 걱정할 것 없단다."

홀연히 내 앞에 나타나신 석정 시인은 마치 내가 당신의 시작품을 잔잔히 낭송할 때의 그 부드러운 음성으로 자애롭게 나를 타이르고 토닥여주시는 것이었다.

그날 짧은 순간에 일어난 이 모든 사연을 낱낱이 말하지 않겠다.

나는 자리에서 일어나 무덤 옆을 휘돌며 티끌과 검불도 줍고 잡초를 뽑아서 멀리 던졌다. 석정 시인의 무덤 앞에 한 마리 어린 짐승처럼 단촐히 앉아서 하늘과 맞닿은 먼 산 그리메를 물끄러미 바라보았다. 부안 앞바다 수평선도 가까이에서 출렁거리고 있을 것이었다. 주변을 두루 살펴보면서 나는 산을 내려와 거기서 멀지 않은 신석정문학관과 석정 시인의 생가를 둘러보았다. 부안이 배출한 한 시인이 한국문학사에서 우뚝한 거봉이 되어 있는 모습을 새삼 우러러 보았다. 시절의 패덕(悖德)과 갖은 오욕으로부터 자신을 거뜬히 지켜낸 이 큰 시인을 빚어낸 중심은 바로 전라북도 부안의 산천이었던 것이다. 나는 발 앞의 황토를 한줌 쥐어서 손바닥에 힘차게 움켜쥐고 그 예사롭지 않은 감촉을 느끼었다.

어머니, 눈물, 사투리

—조태일의 「어머님 곁에서」

강형철*

시란 무엇일까? 시를 쓰는 사람이나 읽는 사람이 한 번이든 두 번이든, 아니 때로 수천 번이든 반드시 마주하게 되는 질문이다. 대개는 좋은 시 혹은 감동적인 시를 마주할 때 만나게 되는 질문인 것 같다. 나에게 이런 근원적인 질문을 하게 만드는 시 중의 한 편이 趙泰一 시인의 「어머님 곁에서」란 시이다.

이 시는 趙泰一 시인의 세 번째 시집 『국토』(1975년)에 실려 있다. 이 시를 알게 된 것은 같은 지점에 근무하던 여직원의 소개로 알게 된 김옥기 시인 덕분이다. 당시 나는 중소기업은행(현재 기업은행) 종로지점에 근무하고 있었다. 낮에는 일하고 밤에는 국제대학(현재 서경대학교) 영문과에 다니고 있었는데 일에 서툴러 주변 직원들에게 많은 도움을 받는 처지였다. 그때 유독 많이 챙겨주던 여직원의 소개로 알게 된 김옥기 시인이었는데 나에겐 최초의 시 선생님이기도 했다.

---

* 1985년 『민중시』 2집에 시를 발표하며 작품 활동을 시작했다. 시집 『해망동 일기』 『야트막한 사랑』 『도선장 불빛 아래 서 있다』, 평론집 『시인의 길 사람의 길』 『발효의 시학』 등을 펴냈다.

학과 친구를 만나러 가는 길에 우연히 참여하게 된 백일장에서 쓴 시가 가작에 선정되고 그 시가 학교신문에 실려, 은근히 자랑하며 직원들에게 보여주었는데 한 여직원이 "강철 씨가 만나서 도움이 될 사람을 소개시켜주겠다."(은행에서는 책임 소재를 명확히 하기 위해 이름 중 두 자를 새긴 도장을 사용했는데 나는 강철이라 새겼었다.)고 해서 만나게 되었다.

당시 김옥기 시인은 「시와 시론」 동인이었고 지점에 근무하던 여직원의 언니도 같은 동인이어서 알았던 관계인데 나를 그분께 소개시켜준 것이다. 평소에는 학교에 가기 때문에 뵐 수 없었지만 방학 때는 일이 끝나면 가끔 시인이 운영하는 화실이 있던 인근의 '파고다아케이드'에 놀러가곤 하였다. 거기서 나는 김대규, 김광협, 조태일, 양성우 시인 등을 뵙게 되었다.

김옥기 선생은 키가 매우 작았지만 이미 발행된 「시와 시론」 동인지를 보면서 꽤 중요한 역할을 하고 있다고 나는 생각했다. 동인들이 가끔 그 화실에 놀러 와서 얘기하다가 술을 마시곤 하였는데 하나같이 유명한 시인인데다 신문사 기자, 선생님, 출판사 사장, 등등이었으니 거기에 나 같이 이제 시 한 편 간신히 쓴 것 이외엔 아무것도 모르는 처지에선 그분들과 친구처럼 너나들이 하는 김옥기 선생이 한없이 커보였다.

특히 조태일 시인을 만난 뒤에는 더욱 그 존경심이 커졌다. 우선 체구가 거인 풍모였고 당시에 시집 『국토』를 냈다는 사실 그 자체가 나에겐 엄청난 일이었는데 희한하게도 그 시집은 잘 읽혔고 재미가 있었기 때문이다. 당시 나에게 시집이라는 것을 어떻게 내는지도 모르고 또 그냥 모셔두고 존경심을 표하는 어떤 것이었다.

그런데 그 시집은 쉬웠고 특히 「어머니 곁에서」란 시는 나에게
시 한편이 사람을 울릴 수도 있으며 가슴이 더워져 온 세상을 든든
해지게 만들 수도 있다는 큰 깨달음을 주었다.

　　　온갖 것이 남편을 닮은
　　　둘쨋놈이 보고파서
　　　호남선 삼등 야간열차로
　　　육십 고개 오르듯 숨가쁘게 오셨다.

　　　아들놈의 출판기념회 때는
　　　푸짐한 며느리와 나란히 앉아
　　　아직 안 가라앉은 숨소리 끝에다가
　　　방울방울 맺히는 눈물을
　　　내게만 사알짝 사알짝 보이시더니

　　　타고난 시골솜씨 한 철 만나셨나
　　　산일번지(山―番地) 오셔서
　　　이불 빨고 양말 빨고 콧수건 빨고
　　　김치, 동치미, 고추장, 청국장 담그신다.
　　　양념보다 맛있는 사투리로 담그신다.

　　　─엄니, 엄니, 내려가실 때는요
　　　비행기 태워드릴께.
　　　─안 탈란다 안 탈란다, 값도 비싸고

이북으로 끌고 가면 어쩌게야?

옆에서 며느리는 웃어쌓지만
나는 허전하여 눈물만 나오네.

조태일, 「어머님 곁에서」

「어머님 곁에서」는 시집 『국토』에서 연작 번호가 없는 두 편의
시 중 한 편이다. 시인은 한 강연에서 이 시에 대한 이야기를 하고
있는데 이 시는 "통일과 어머니를 생각하며 쓴 시"라면서 "홍은동
산 1번지인 김관식 시인 댁에서 문간방 하나를 세내어" 살 때 아들
집에 오셔서 일하시는 어머니 이야기를 하고 싶어서 썼다고 말하
고 있다.

"고향 곡성에서 여순반란 사건을 만나 죽을 고비를 수십 차례씩
이나 겪으며 살다가 가산을 다 팽개치고 광주 시내로 피난 와서 살
았"던 아버지는 6.25를 만나서 고생을 하다가 화병으로 돌아가셨
으며 어머니는 서른다섯의 나이로 7남매를 홀로 키우셨다. 어머니
는 아들 결혼 후에도 여전히 뒷바라지 하셨는데 어머니가 고향으
로 가시는 길이라도 편하게 해드리고 싶어 조태일 시인이 어머니
에게 '비행기 태워드리겠다'고 했는데 어머니께서 비행기 안 타겠
다고 하시던 말씀이 생각나서 쓴 시라고 밝히고 있다.

민족의 통일이라는 것이 우리들의 염원이며 동시에 의무이고
권리라는 말을 하고 싶고 그러기 위해서는 통일논의가 자유로워져
야 하는데 현실은 그렇지 못하고, 또한 분단 현실에서 통일을 생각
하는 일이 대부분의 사람들에겐 불안하고 자유롭지 못하며 이러한

불안 의식의 해소가 중요하다는 점을 말하고 싶었다는 시작 의도
도 밝힌다.

시를 쓴 조태일 선생의 이야기는 지금도 아직 해결되지 못한 분
단 현실이어서 여전히 중요하지만 나에게 이 시는 또 다른 의미와
깨달음을 주었다. 그것은 시란 무엇인가? 시의 형식 문제와 시와
일상 언어 특히 사투리(방언)의 역할 등등의 문제가 그것이다.

다시 이 시를 보자. 이 시는 총 5연으로 되어 있는데 이 중 특별
하게 느껴지는 부분은 4연이다. 1연부터 2연까지는 이 시의 화자
인 어머니가 서울 아들집에 "호남선 삼등 야간열차"로 올라오는 모
습과 출판기념회에 참석하신 이야기를 하고 있고 3연에서는 아들
집에 오셔서 김치를 담그고 밑반찬을 만드시는 모습, 그리고 이불
빨래를 하는 모습까지 그리고 있다. 시골 어머니가 보편적으로 아
들 집에 오셔서 으레 하시는 모습을 묘사의 형식으로 잘 보여준다.
그런데 이어지는 4연에서 어머니와 아들의 대화가 '날것으로' 출
현한다.

"―엄니 엄니, 내려가실 때는요 / 비행기 태워드릴께" 그러자 어
머니는 대꾸하신다. "―안 탈란다, 안 탈란다, 값도 비싸고 / 이북
으로 끌고 가면 어쩌게야?"

재미있는 것은 어머니가 아들의 제안을 단박에 거절하는 이유
다. 돈이 많이 드는 게 첫 번째 문제지만 거기에 더하여 그 즈음에
일어났던 KAL기 납북 사건을 더 큰 명분으로 삼은 것이다. 앞의
이야기도 쉽게 묘사되어 그 풍경이 환히 보이지만 대화 그 자체가
드러나는 이 대목에 이르러서는 훨씬 생생하고 분명하여 현실 그
자체가 아닌가 하는 착각이 생기는 것이다.

특히 "이북으로 끌고 가면 어쩌게야"에서 '어쩌게야'는 사투리 그대로가 시에 들어감으로써 시 전체를 친숙함의 세계, 아니 삶의 현실 그 자체의 실감으로 더해진다. 바로 읽는 이의 눈앞에 어머니가 출현한 것 같다.

김수영의 산문 중에 「새로움의 모색」이란 글이 있다. 거기에서 김수영은 시에 나타나는 연극성을 설명하면서 연극성을 지닌 시는 우선 쉽고 재미가 있다고 말하면서 '요염한 연극성'이란 말로 이를 요약한다. 여기서 더 나아가 그 '요염한 연극성'은 구상성과 동질의 것으로 섞여 있고 구상성의 핵심에 '스토리'를 든다. 프랑스 시인 쉬페르비엘의 시 「침묵의 전우들」을 예로 들어 "스토리란 독자나 관중을 쓰다듬고 달래주는 것이고, 스토리 자체가 벌써 하나의 풍자"라고까지 주장하면서 "스토리의 선천적인 풍자성이 그의 작품의 내용적인 풍자성을 비극으로 연결시키고 있다"고 설명하고 있다.

스토리, 연극성, 풍자를 이렇게 재미있게 말하고 있는 김수영의 설명은 시 전체를 이루는 계기를 이해하는데 너무나 빼어난 설명이지만 나는 김수영의 이 설명을 조태일의 시 「어머님 곁에서」에 그대로 대입하고 싶다. 이 시에서 시골 어머니의 아들집 나들이 얘기는 그대로 세상의 근본적인 문제를 짚어가는 도구로 작동하고 있다. 또한 재미가 있으면서도 '요염한 연극성'이 제대로 작동하고 있다 하겠다.

물론 이 시를 처음 접할 때의 나는 이런 설명이나 의미를 이해하지도 못한 처지였고 정확히 말하면 내가 무엇을 써야 하는지 어떻게 써야 하는지도 모르는 그야말로 초보 습작생에 불과했다. 그렇지만 이 시를 마음에 담아두면서 "모짜르트의 세레나데를 들을 때 예술이 무엇인가에 대하여서는 모르지만, 자기가 좋아하는 것이 무엇인가를 알 수 있다."(곰브리치)는 말처럼 내가 좋아하고 써야할 시를 어렴풋이 깨달았고 또 그런 감동을 그려내고 싶은 용기를 주었다.

더구나 촌놈이라는 생각, 사투리를 쓰면 창피하다는 생각이 온 마음에 '쩔어 있던' 처지에서 내가 익숙한 말(사투리)도 재미나게 쓸 수 있겠다는 생각을 가질 수 있는 생생한 사례를 발견한 것이었으니 이 시는 나에게 내가 시로 쓸 수 있는 귀한 수단도 함께 준 운명적인 시라고 할 수 있겠다.

아름답고, 슬프고, 새로운
—정양의 「내 살던 뒤안에」

내가 처음으로 좋아했던 시는 김소월의 「진달래꽃」이었다. 초등학교 다닐 때였다. 면 소재지 장터에 영화가 들어왔다. 그 시절에는 공터에 포장을 둘러치고 만든 가설극장에서 영화를 상영했다. 그렇지만 입장료가 상당해서 어린이로서는 감히 영화를 보기 힘들었다. 내가 그 시절에 영화를 볼 수 있었던 것은 순전히 큰고모님 덕분이었다. 큰고모님께서는 장터에서 큰 음식점을 하셨는데, 영화를 상영하고 다니는 사람들이 늘 고모님 댁에서 숙식을 했기 때문에, 나는 다행히도 고모님을 통해 공짜로 영화를 볼 수 있었다. 그런 영화중에 「진달래꽃」이라는 영화가 있었다. 영화 포스터에는 만발한 진달래 숲에서 청춘 남녀가 사랑을 속삭이는 장면이 있고, 그 사진 위에 무슨 글이 적혀 있었다. 무슨 말인지 잘 몰랐지만, 그 글이 참 신기하게도 마음속에 쏙 들어왔다. 그것이 시와 나의 첫 만남이었다.

---

* 1985년 「남민시」 동인지 제1집 『들 건너 사람들』에 시를 발표하며 등단했다. 이후 오랫동안 시 쓰기를 중단하다시피 하고 판소리 연구에 매진했다. 시집 『바람만 스쳐도 아픈 그대여』를 펴냈다.

그 글이 무엇인지를 알게 된 것은 내가 전주에서 중학교를 다닐 때였다. 어느 날 하숙집 마루 위에 굴러다니는 다 떨어진 책 한 권을 주워 뒤지다 보니, 그곳에 뜻밖에도 「진달래꽃」이라는 시가 있었다. 초등학교 시절 보았던 영화의 포스터에 적혀 있던 바로 그 글이었다. 그제야 비로소 나는 그 글이 바로 김소월이라는 시인의 시 「진달래꽃」이라는 것을 알았다. 나는 그 시를 즉시 외웠다.

나 보기가 역겨워
가실 때에는
말 없이 고이 보내드리오리다.

영변에 약산
진달래꽃
아름 따다 가실 길에 뿌리오리다.

가시는 걸음걸음
놓인 그 꽃을
사뿐히 즈려 밟고 가시옵소서.

나 보기가 역겨워
가실 때에는
죽어도 아니 눈물 흘리오리다.

무슨 말인지는 잘 몰랐지만, 기가 막히게 술술 잘 읽히는 것이 너무너무 신기했다. 이별하는 남녀의 이야기 같은데, 애절한 두 사람의 마음이 언뜻 잡힐 듯도 하였다. 이 시가 지닌 가치, 특성, 구체적인 시어의 의미 등에 대해서는 잘 모르면서도 왠지 모르게 좋았다.

대학에 가서 문학을 전공하게 되면서 읽은 시 중에서 가장 강한 인상을 받은 시는 서정주의 「자화상」이었다. 서정주는 일제강점기에 친일한 것이 문제가 되어서 지금은 많은 비난을 받고 있지만, 그때는 그 문제가 아직 부각되지 않은 시절이어서 대시인으로 행세하던 시절이었다. "애비는 종이었다. 밤이 깊어도 오지 않았다."로 시작되는 「자화상」은 충격적이었다. 자기 아버지를 '애비'라고 낮추어 부르면서, 아버지가 '종'이었다는 것을 드러내는 무섭도록 처절한 절망이 젊은 나를 충격에 빠뜨렸다. 그 시 속에는 참 마음에 드는 구절들이 많았다. "나를 키운 건 팔할이 바람이다", "볕이거나 그늘이거나 혓바닥 늘어뜨린 / 병든 수캐마냥 헐떡거리며 나는 왔다"라는 구절 등은 마치 고통스럽고 절망적인 내 현실을 대변해주는 듯하였다.

대학 다닐 때 나를 제일 괴롭힌 것은 박인환의 시 한 구절이었다. 나는 시를 이해하기 위해서는 시론을 공부해야겠다고 생각하고 김춘수가 쓴 『시론』이라는 책을 샀다. 김춘수는 그 책에서 다음과 같이 말했다.

박인환의 다음과 같은 윗트는 구문을 보다 미묘하게 해주는 실마리가 될 수 있다. 동시에 언어가 새로운 차원을 개척하는 것이 된다.

…… 술병에서 별이 떨어진다.

'술병'과 '별이 떨어진다'의 과격한 연결은 자연발생적으로 유로된 구문이 아니고, 지적인 구성이 엿보이는 구문이다.

여기에 인용된 시구는 전후 시인 박인환의 시 「목마와 숙녀」에 있는 부분인데, 그 시는 이렇게 시작한다.

> 한 잔의 술을 마시고
> 우리는 버지니아 울프의 생애와
> 목마를 타고 떠난 숙녀의 옷자락을 이야기한다.
> 목마는 주인을 버리고 그저 방울소리만 울리며
> 가을 속으로 떠났다. 술병에서 별이 떨어진다.
> 상심한 별은 내 가슴에 가볍게 부서진다.

이 시가 주는 건조하고 쓸쓸한 느낌이 좋아서 예전에는 젊은이들이 잘 다니는 술집 벽에 더러 붙여 놓기도 하는 그런 시였다. 그런데 김춘수는 밑도 끝도 없이 "술병에서 별이 떨어진다"라는 구절이 "언어가 새로운 차원을 개척하는 것"이라고 했다. 아무리 생각을 해보아도 술병에서 별이 떨어진다는 표현이 어째서 언어가 새로운 차원을 개척한다는 것인지 알 수가 없었다. 아마 서너 달은 이 구절 때문에 고민을 했을 것이다. 밥 먹을 때도, 버스를 타고 갈 때도, 쉬는 시간에도 이 구절이 머릿속에서 뱅뱅 돌았다. 그러던 어느 날, '술을 따를 때 술병(아마 소주병인 듯)에서 술이 떨어지는 모습이 마치 하늘에서 별똥별이 떨어지는 것과 같다'는 말을 그렇게 표현한 것이라는 생각이 들었다. 그러니까 별은 별이 아니라

술의 은유였던 것이다. "상심한 별은 내 가슴에 가볍게 부서진다"는 구절도 소주를 마실 때 뱃속에 전해지는 짜릿한 느낌을 그렇게 표현한 것으로 이해되었다. 그뿐만이 아니었다. 술에서 별이 떨어지고, 상심한 별이 가슴에서 부서진다는 표현으로 얻어지는 것은 산산조각 난 꿈에 대한 상실감이라는 또 다른 의미였다. 술과 별과 절망을 연결시킨 이 표현은 그야말로 언어의 새로운 차원을 개척한 것이라는 말이 실감되었던 것이다.

　내가 시인이 되겠다고 시를 쓰기 시작한 후에 가장 충격적으로 받아들였던 시는 정양 시인의 「내 살던 뒤안에」였다. '내 영혼을 뒤흔든 한 편의 시'를 들라고 하면 나는 주저하지 않고 이 시를 들 것이다. 대학 2학년 때 나는 습작 노트를 들고 정양 선생을 찾아갔다. 정양 선생은 그때 전주신흥고등학교 국어 교사로 재직하고 계셨다. 마침 전주신흥고등학교를 나온 친구가 나를 데리고 가주었다. 첫 대면인데도 정양 선생은 내 습작시를 자세히 봐 주시고는 기분이 좋으셨는지 당신의 시를 보여주셨다. 독서 카드에 볼펜으로 적은 시 몇 편이었는데, 나는 그 시들을 보고 엄청난 충격을 받았다. 특히 「내 살던 뒤안에」라는 시가 준 충격을 나는 잊지 못한다. 시가 이렇게 아름답고, 슬프고, 새로울 수도 있다는 것을 처음으로 알았다.

　먼저 나를 놀라게 한 것은 참신한 비유였다. "감꽃들이 새소리처럼 깔려 있었다", "새소리가 감꽃처럼 털리고 있었다", "햇살 같은 환성들이 비늘마다 부서지고 있었다", "햇볕이 익는 흙담", "두근거리며 감꽃들이 피어 있었다"와 같은 표현은 예전에 전혀 듣지도 보지도 못한 것들이었다. 이 시에 등장하는 참새, 구렁이, 감꽃, 몰매,

실개울, 보리밭, 둔덕길, 햇볕, 흙담과 같은 대상들은 시골 동네에서 흔히 보았던 것들이다. 그런데 이런 익숙한 대상들이 연결되어 구축된 시세계는 완전한 충격 그 자체였던 것이다. 시는 새로운 언어를 창조하는 것이 아니라 언어를 새롭게 연결하는 것이란 생각도 이때 비로소 생기기 시작했다.

또 이 시는 한 편의 드라마와도 같은 구성을 취하고 있다. "참새떼가 요란스럽게 지저귀고 있었다"는 서두의 상황 제시에 이어, "있었다"로 끝나는 급박한 객관적 상황묘사가 반복되면서 시적 상황과 정서가 고조된다. 고조되던 갈등적 상황은 '나'의 등장과 함께 시인의 내면으로 전환되어 절정에 이른다. 절정에 이른 시인의 내면은 다시 '있었다'로 끝나는 객관적 상황 묘사로 대치되고, 서서히 파국을 향해 나아간다. 상황이 정리되고 고조된 긴장이 풀리면 시가 끝난다. 정교하게 계산된 이러한 구성은 한 편의 드라마를 보는 것과 같은 정서적 체험을 제공한다. 이 시의 큰 감동과 충격은 이러한 극적인 구성에도 기인하는 듯하다.

그러면 이 시에서 말하고자 한 것은 무엇인가? 이 시를 이야기로 바꾸면 이렇다. 감꽃이 핀 감나무에 구렁이가 한 마리가 나타났다. 참새떼들이 요란스럽게 지저귀는 가운데 구렁이가 햇빛을 쬐고 있었던 것이다. 아이들이 모여들고, 환성을 지르며 구렁이에게 돌팔매질을 한다. 돌팔매질을 당하며 구렁이는 서서히 감나무를 내려와 흙담을 끼고 사라진다. 대개 이런 내용이다.

이 시에서 가장 중심이 되는 대상은 구렁이다. 구렁이가 나타나고 사라지는 과정에서 아이들이 벌이는 행동이 이 시의 내용인 것이다. 구렁이는 무엇인가? '구렁이'는 아무런 영문도 모르고 돌팔매질을 당하는 대상이다. 그러니까 악 혹은 증오나 기피의 대상이다. 그렇다면 구렁이가 본래부터 악 혹은 증오와 무슨 연관이 있단 말인가. 객관적으로 본다면 구렁이는 그저 파충류에 속하는 동물일 뿐이다. 그 자체는 선도 악도 아닌 가치중립적인 대상이다. 아이들이 돌팔매질을 하는 것도 구렁이에 대한 무슨 원한이 있어서 그런 게 아니다. 그냥 무심코 늘 해왔던 행동 그 이상도 이하도 아니다. 그러나 구렁이는 아이들로부터 돌팔매질을 당함으로써 인간과 함께 존재해서는 안 될 악이 된다. 아무 죄도 없는 구렁이는 인간이 악의 굴레를 씌움으로써 악이 된다는 말이다.

그런데 화자는 두려워하면서도 돌팔매질을 당하는 그 구렁이가 되고 싶어 한다. 이 피학적인 수난의 의지는 부당하게 돌팔매질을 당하는 구렁이에 대한 강력한 옹호와 저항의 소극적 표현이다. 이 시의 화자가 구렁이에게 갖고 있는 이와 같은 강한 정서적 유대감은 「모과나무는」에서 표현된 죽은 모과나무에 대한 은밀한 애착과 같은 것이다. 구렁이에게 쏟아지던 돌팔매질은 곧 내 청춘의 몰매로 전화된다. 구렁이와 나의 동일시가 이루어지는 것이다. 여기서 우리는 시인의 상처가 바로 이유 없이 악 혹은 증오나 기피의 대상으로 낙인찍혀 영원히 고통받거나 추방된 것들로부터 연유한다는 것을 알 수 있다.

정양 시인의 절친한 친구이기도 한 소설가 윤흥길은 정양 선생의 첫 시집 『까마귀떼』의 발문에서 이 시에 대해 다음과 같은 설명을 붙여놓고 있다.

"사실 간난 많던 그의 유년을 회억하는 과정에서 밤과 그 밤의 어둠이 주는 의미는 그에게 아주 중요하다. 어둠을 뚫고 집안으로 핑핑 날아들던 마을사람들의 돌팔매를 그는 잊지 못한다. 김제평야에서 행세하는 대지주이자 개명 양반이었던 그의 아버지는 6.25 직전 콩깍지가 콩을 삶는 저 비극적인 혼란의 와중에서 좌우익의 사상싸움에 쫓기다가 끝내는 실종되고 만다. 행방불명된 아버지가 살아서 돌아올 거라고 점장이가 예언한 바로 그날 그의 시골집 마당으로 아버지 대신 커다란 구렁이 한 마리가 기어든다."

그러니까 구렁이는 좌익운동에 뛰어들었다가 행방불명된 아버지를 상징한다는 말이다. 「장마」라는 소설의 끝부분에 나오는 구렁이와 이 시 속의 구렁이가 닮은꼴일 정도로 문학적 상상력마저 유사한 친구간인 윤흥길의 말이니 믿지 않을 수 없다. 그러나 그것은 과거의 개인사일 따름이다. 일단 시로서 완성되고 나면 해석은 독자의 몫이 된다. 그러므로 우리는 이 구렁이를 꼭 '아버지'로 해석할 필요는 없다. 오히려 역사 속에서 '구렁이'로 낙인찍혀 추방된 것들을 찾아보는 것이 이 작품에 표현된 아픔을 보편적이며 역사적인 것으로 승화시키는 방법이 될 것이다.

역사 속에서 악과 증오의 대상으로 낙인 찍혀 억울하게 사라져 간 사람이 어디 한둘인가. 멀리는 묘청이나 만적으로부터 가까이는 임꺽정이나 전봉준에 이르기까지, 강고한 지배체제에 도전하며 세계의 변혁을 도모한 사람들을 지배세력은 늘 악의 딱지를 붙여 제거하였다. 그러기 때문에 이들을 생각하는 것 자체가 불온한 것이며, 위험한 것일 수밖에 없다. 모과나무에 대한 애착이 늘 은밀하고 조심스러우며, 돌팔매질을 당하는 구렁이가 되고 싶었던 시인의 마음이 두려움을 동반하는 이유가 바로 여기에 있다.

정양 시인은 이제 팔순이 넘었다. 나도 어느새 고희를 바라보게 되었다. 노인이 되어 이제는 청춘의 뜨거웠던 정열도 식어버린 듯하다. 그 동안 세상도 참 많이 변했다. 그러나 지배체제 혹은 기득권에 저항하는 사람들이 몰매를 당하는 상황은 어제도 오늘도 되풀이되고 있다. 그래서 「내 살던 뒤안에」는 과거의 시가 아니라 현재의 시가 된다. 강고한 기득권의 카르텔이 존재하는 한 이 시는 늘 누군가의 영혼을 뒤흔드는 작품으로 남아 있을 것이다.

참새떼가 요란스럽게 지저귀고 있었다

아이들이 모여들고 감꽃들이
새소리처럼 깔려 있었다

아이들의 손가락질 사이로
숨죽이는 환성들이 부딪치고
감나무 가지 끝에서 구렁이가
햇빛을 감고 있었다

아이들의 팔매질이 날고
새소리가 감꽃처럼 털리고 있었다
햇빛이 치잉칭 풀리고 있었다
햇살 같은 환성들이
비늘마다 부서지고 있었다

아아, 그때 나는 두근거리며
팔매질당하는 한 마리
구렁이가 되고 싶었던가
꿈자리마다 사나운 몰매 내리던 내 청춘을
몰매 속 몰매 속 눈감는 틈을
구렁이가 사라지고 있었다
햇살이, 빛나는 머언 실개울이 환성들이
감꽃처럼 털리고 있었다

햇볕이 익는 흙담을 끼고
구렁이가 사라지고 있었다
가뭄 타는 보리밭 둔덕길을 허물며
팔매질하며 아이들이 따라가고 있었다

감나무 푸른 잎새 사이로
두근거리며 감꽃들이 피어 있었다

정양, 「내 살던 뒤안에」

삶의 진정성과 역사의 생명력
—정양의 「내 살던 뒤안에」

이병초*

한 편의 시에 전율과 감동이 한꺼번에 올 수 있을까. 사실과 행위의 인간적 형상화를 토대로 시는 삶의 진정성을 획득함과 동시에 역사처럼 생명력을 가질 수 있을까. 정양 시인의 「내 살던 뒤안에」는 수준 높은 언어감각이 삶과 역사에 대한 통찰력으로 확산되면서 비상한 시의 울림을 얻는다.

뒤안에 "감꽃들이 / 새소리처럼 깔려 있"다는 비유는 생생하다. 구렁이에 놀란 아이들 손가락질 사이로 "숨죽이는 환성들이 부딪"치고, "새소리가 감꽃처럼 털리"는 눈부심을 지나 구렁이 몸에서 "햇빛이 치잉칭 풀리"는 데로 닿는 경이로운 활력은 언어미학이란 말 한참 위에서 반짝인다.

새소리와 팔매질, 감꽃과 손가락질과 햇빛이 구렁이에 맞물려 "햇살 같은 환성들이 / 비늘마다 부서지"는 정황은 차라리 전율이다. 서구의 이미지즘을 한참 벗어난 언어감각은 도저한 깊이로 꿈

---

* 1998년 계간 『시안』에 시를 발표하며 작품 활동을 시작했다. 시집 『밤비』『살구꽃 피고』『까치독사』를 펴냈으며 불꽃문학상을 수상했다.

틀거린다. 참새떼 소리와 감꽃들과 구렁이 비늘에 부서지는 햇살과 환성이 만나서 생성되는 이미지는 독자의 몫이다. 살아서 못된 짓을 일삼은 자가 구렁이로 환생한다는 속설을 믿었을 사람들. 순박하달 수밖에 없는, 누군가에게 이용당할 수밖에 없는 사람들의 저주가 구렁이 몸에 몰매처럼 감기는 것을 보면서 화자는 "아아, 그때 나는 두근거리며 팔매질당하는 한 마리 / 구렁이가 되고 싶었던가"라고 충격적인 고백을 한다.

　시인의 연보를 읽어본 독자는 알겠지만 이 날은 한국전쟁 초기에 행방불명된 줄로 알았던 아버지가 집에 돌아온다고 점쟁이가 예언한 날이었다. 그의 아버지는, 동족상잔만큼은 막아보자고 사회운동을 하다가 암살당한 여운형 선생의 최측근이었다. 집안의 전답까지 팔아가면서 동족 간의 전쟁은 막아보고자 전력을 기울인 사회운동가, 그런 시인의 아버지가 집에 돌아오던 날 구렁이가 나타난 것이다. 젊은 시인의 꿈속에까지 따라와 "몰매 속 몰매 속 눈 감는 틈"으로 사라지는 실체가 무엇을 뜻하는지는 쉽게 단정할 수 없다. 가슴 두근거리며 "한 마리 / 구렁이가 되고 싶었"다는 서늘한 고백이 왜 현재로 재생되는지, 그 의미가 무엇인지도 시가 역사의 숨통을 물고 풀어야 할 과제이다.

　저주의 대상이 된 구렁이는 생물이 아니라 부도덕한 집권세력이 만든 불순한 상징임을 모르는 이는 없다. 정양 시인이 첫 산문집 『백수광부의 꿈』에서 밝힌 것처럼 김유신 김춘추 부대에 무참히 학살당한 백제의 아녀자는 궁녀였고, 갑오농민군은 화적패였으며, 왜정 때 독립군은 비적 또는 마적 떼였고, 제주도에서 거창에서 지리산에서 노근리에서 떼죽음당한 양민들은 빨갱이였으며, 광주항쟁을 주도하다가 죽어간 열사들은 폭도였다는, 기득권 세력이 조작해낸 기막힌 왜곡을 모르는 이도 없다.

작금의 현대시가 물고 있는 시의 자리는 쓸쓸하다. 문명적 색감을 짙게 드리운 자폐적 비문(非文)들이며 결핍과 소외를 외래어에 끼워놓은 혼종적 불안감들은 시의 내용과 따로 놀기 일쑤다. 시는 의미 전달에 초점을 맞추지 않는다는 게 정설일지라도 이 전제가 비문 투성이의 시들을 옹호하는 것이 아님은 분명하다. 의미가 전달되었을 때, 시는 시어 개개의 인상과 소리맵시가 어울려 새로운 형상을 얻는 경우가 더 많다.

정양 시인의 시편들은 문명적 징후에 따른 우려가 아예 없다. 개인의 슬픔, 개인의 한계와 그리움에서 시가 촉발되었을지라도 그의 시편들은 관념적이거나 사변적이지 않다. 일상의 구체적인 정황에서 포착된 그의 시는 동시대 삶의 통점에 집중되면서 4.16참사와 촛불집회에까지 이르는 게 예사다. 광복 후 75년이 넘도록 독립기념일이 없는 참담한 역사, 여기에 함몰된 이 땅의 가난과 무덤조차 없이 떠도는 혼백들에 무례한 적이 없다. 이런 정양 시의 그늘에서 나는 시를 공부했다. 시대의 질곡에 짓눌리지 않는 시, 언어수사에 집중하는 시보다는 삶의 행위에 초점을 맞춘 언어 미학을 배웠다. 하지만 시가 무엇인지 갈수록 모르겠다. 시에 대한 궁금증과 걸떡증을 애정결핍처럼 달고 사는, 이 병증을 깎음한답시고 이틀거리로 초저녁술에 꼬라박히는 말짱 허드렛것에게 고독이나 외로움이란 고급 정서가 찾아올 리 없었다.

그럴 때마다 나는 정양 시인의 시편들을 읽었다. 나이 먹어갈수록 챙길 것보다 버릴 게 더 많은 게 인생일지라도, "한 치 앞을 모르는 채 / 헛것에 매달려 살다 가는 게 // 사람들은 이 세상에서 마침내 / 쓸쓸하니 가버"(정양, 「눈길」)리는 게 인생일지라도 나는 오늘도 그의 시를 읽으면서 새삼 깨친다. 삶에 들어붙는 것들이 잊히듯 언젠간 자신도 소멸되고 말 터임에도 욕망의 거울에 자신을 비춰보는 서늘한 정서, 그것의 인간적 형상화가 시임을.

참새떼가 요란스럽게 지저귀고 있었다

아이들이 모여들고 감꽃들이
새소리처럼 깔려 있었다

아이들의 손가락질 사이로
숨죽이는 환성들이 부딪치고
감나무 가지 끝에서 구렁이가
햇빛을 감고 있었다

아이들의 팔매질이 날고
새소리가 감꽃처럼 털리고 있었다
햇빛이 치잉칭 풀리고 있었다
햇살 같은 환성들이
비늘마다 부서지고 있었다

아아, 그때 나는 두근거리며
팔매질당하는 한 마리

구렁이가 되고 싶었던가
꿈자리마다 사나운 몰매 내리던 내 청춘을
몰매 속 몰매 속 눈 감는 틈을
구렁이가 사라지고 있었다
햇살이, 빛나는 머언 실개울이 환성들이
감꽃처럼 털리고 있었다

햇빛이 익는 흙담을 끼고
구렁이가 사라지고 있었다
가뭄 타는 보리밭 둔덕길을 허물며
팔매질하며 아이들이 따라가고 있었다

감나무 푸른 잎새 사이로
두근거리며 감꽃들이 피어 있었다

정양, 「내 살던 뒤안에」

밤을 지키는 약한 등불

— 한용운의 「알 수 없어요」

바람도 없는 공중에 수직의 파문을 내며, 고요히 떨어지는 오동 잎은 누구의 발자취입니까.

지리한 장마 끝에 서풍에 몰려가는 무서운 검은 구름의 터진 틈으로, 언뜻언뜻 보이는 푸른 하늘은 누구의 얼굴입니까.

꽃도 없는 깊은 나무에 푸른 이끼를 거쳐서, 옛 탑 위의 고요한 하늘을 스치는 알 수 없는 향기는 누구의 입김입니까.

근원은 알지 못할 곳에서 나서, 돌부리를 울리고 가늘게 흐르는 작은 시내는 굽이굽이 누구의 노래입니까.

연꽃 같은 발꿈치로 가이없는 바다를 밟고, 옥 같은 손으로 끝없는 하늘을 만지면서 떨어지는 날을 곱게 단장하는 저녁놀은 누구의 시입니까.

타고 남은 재가 다시 기름이 됩니다. 그칠 줄 모르고 타는 나의

* 1995년 「전북일보」 신춘문예와 『시와반시』 신인상에 시가 당선되었다. 시집 『이름을 몰랐으면 했다』, 산문집 『나그네는 바람의 마을로』, 그림책 『무왕이 꿈꾸는 나라』, 장편동화 『왕바위 이야기』 등을 펴냈으며 불꽃문학상을 수상했다.

가슴은 누구의 밤을 지키는 약한 등불입니까.

한용운, 「알 수 없어요」

"이놈들아 뛰지 마라."

사내가 손을 휘저으며 아이들을 말렸다. 도서관 로비를 오고 가
던 사람들이 사내와 아이의 실랑이를 구경했다. 사내는 행색이 남
루했다. 아이들은 금세 잊어버렸다. 사내는 도서관 현관에 붙은 좁
은 관리실에 있었다. 사내가 뛰어나올 때마다 사내의 허수아비 같
은 손짓도 반복됐다. 그것은 하나의 구경거리였다.

그때 나는 중학생이었다. 학교가 파하면 금암동에 있는 시립도
서관에 갔다. 금암동 골목을 따라 구불구불 올라가면 언덕 위에 도
서관이 있었다. 올망졸망하게 자리한 산동네 세간살이가 도서관
앞에서 훤히 보였다. 도서관 2층 휴게실에서 파는 200원짜리 라면
이 맛있었다. 나는 주로 열람실 책상에 문제집을 펴놓고 1층 정기
간행물실에 있었다. 그곳에서 각종 사보와 몇 종 되지 않는 잡지를
보고 또 보았다. 간행물실을 오가며 허수아비 사내를 자주 보았다.
그는 가끔 술 냄새를 풍겼는데 그럴 때면 목소리가 제법 커졌다. 한
번은 상급자인 듯한 젊은 직원에게 지적받는 것을 보았다. 1층 로
비의 지배자였던 사내의 작고 추레한 몰골이 더 주눅 들어 보였다.

한용운의 시 「알 수 없어요」를 본 것은 도서관 1층 로비에서였
다. 액자에 표구되어 간행물실 옆 복도에 걸려 있었다. "수직의 파
문을 내며, 고요히 떨어지는 오동잎"이라는 문장에 매료됐다. 나는
실제로 "떨어지는 오동잎"의 고요함을 알고 있었던 것이다. 기린봉
아래 마당재에서 살 때였다. 내 방 창 앞에 벽오동 두 그루가 있었

박태건　　151

다. 벽오동은 2층 집 높이보다 컸다. 그 방에서 나는 여름엔 오동 잎에 빗방울 듣는 소리를 들으며 잠을 깼다. 가을이면 정적 사이로 고요히 떨어지는 오동잎을 볼 수 있었다.

처음 한용운의 시를 보고서 나는 까닭 모를 슬픔을 느꼈다. 그것 이 아름다움이 주는 감동이라는 걸 안 것은 한참 후의 일이다. 이 시를 보고서 오동잎이 수많은 낙엽 중 하나가 아니라는 것을 알았 다. 오동잎 떨어지는 장면이 사진처럼 내 마음에 강렬하게 새겨졌 던 것이다. 도서관 로비에 서서 시를 넋 놓고 보고 있으려니, 오동 잎은 내 방 창문 밖, 허공에 정지한 듯, 끊임없이 떨어지고 있었다. 그때 '허수아비 사내'가 어느 결에 다가왔다. 그는 말을 걸었다. '어 떤 학교인지', '무슨 의미인 줄 아는지' 무엇을 물었는지 정확히 기 억나지 않는다. 그의 질문에 나는 제대로 대꾸하지 못하고 열람실 로 들어와버렸다.

열람실에서 문제집을 보고 있어도 오동잎은 내 마음에 파문이 내 며 여전히 떨어지고 있었다. 나는 그 시를 노트에 적기로 했다. 사 내가 의식되었기에 액자 앞을 다람쥐처럼 오가며 한 문장씩 외워서 썼다. 시 제목처럼 내가 왜 베껴 쓰려고 했는지 '알 수 없었다'. 그저 문장을 적을 때마다 시의 아름다움에 숨이 턱턱 막혀왔다.

시를 베껴 쓴 후로 오동나무에 관심이 더 갔다. 비가 오면 오동 잎에 떨어지는 빗소리를 듣기 위해 무릎을 세우고 창문틀에 쪼그 리고 앉았다. 비가 오면 "검은 구름의 터진 틈으로, 언뜻언뜻 보이 는 푸른 하늘"을 보기 위해 고개를 비틀어 아프도록 올려보았다. 휴일엔 아버지와 뒷산인 기린봉에 약수를 뜨러 갔는데 그때도 "옛 탑에 잔뜩 올라온 푸른 이끼"를 만져보며 도서관 로비에 걸려있던

「알 수 없어요」를 떠올렸다. 나는 오동나무를 사랑하였다.

한용운의 「알 수 없어요」는 사춘기의 '알 수 없는 고독'을 같이 앓아주었다. 그리하여 나는 "가늘게 흐르는 작은 시내"처럼 전주를 떠나 알 수 없는 어디론가 흘러가고 싶었던 것일까.

이 시는 자연에서 만나는 현상의 아름다움이 깨달음으로 이어진다. 아름다운 문장도 좋지만 자연의 변화를 발견하는 시인의 시선이 자연스럽다. 오동잎은 떨어져 내리는 빗방울과 함께 시내로 이어지고, 바다로 흘러들어가 온 하늘을 붉게 타오르는 저녁놀과 만난다. 나는 땅과 바다와 하늘이 만나 불타오르는 지점을 상상하면서 황홀해했다. 그것은 사춘기를 앓는 고독한 자에게 주는 위로였다.

시상의 전개도 좋다. 경어체의 질문 형태여서 시를 읽다 보면 사려 깊은 사람과 대화하는 기분이 든다. 시인은 세상의 모든 것들이 은유를 품고 있고 있음을 말해준다. '오동잎과 발자취', '푸른 하늘과 님의 얼굴', '알 수 없는 향기와 님의 입김', '시내와 님의 노래', '저녁놀과 시', '나의 가슴과 약한 등불'의 관계를 발견하는 것이 마치 시인의 임무라는 듯이 시인이 만든 은유의 묶음은 세상을 거대한 은유의 덩어리로 만든다. 그리하여 시인이 펼쳐놓은 은유의 비밀을 알게 되는 순간, 오동잎에 빗방울이 떨어지는 것이 저녁놀을 만나 하늘로 돌아가는 긴 여정의 처음임을 알게 된다. 세상의 모든 것들은 결국 어디론가 가야 할 곳으로 가게 된다는 이야기는 내게 엄청난 충격을 주었다. 마치 "타고 남은 재가 다시 기름"이 되듯이. 어쩌면 나는 그때 도서관 로비에서 '시의 비밀' 하나를 발견한 것이다.

나는 한용운의 시를 이해했던 것은 아니었다. 잘 알지 못했지만 좋았다. 좋은 시는 그냥 좋은 것이다. 그때 넋 놓고 시의 아름다움을 느꼈던 감정이 싹을 틔웠는지 시간이 지나서 나는 시인이 되었다. 그리고 우연히 내가 시립도서관 로비에서 만난 '허수아비 사내'가 시인 박봉우라는 것을 알게 되었다. 「휴전선」의 시인 박봉우는 서울살이에 지쳐있던 차에 당시 전주 시장이었던 고교 동창이 시립도서관 촉탁직 자리를 마련해준 것이다. 전주에서 생활의 안정을 찾았던 것도 잠시, 시인은 시대와 불화하며 자주 술을 마셨다. 분단을 괴로워하고 통일에 대한 열망으로 취해 있었으나, 현실은 여전히 1980년 광주를 피로 진압한 전두환의 시대였다.

광주에서 성장기를 보낸 박봉우는 술을 마시지 않으면 견딜 수 없었다. 결국 기자 시절 집단 폭행을 당한 후유증이 도져서 정신병원에 입원하게 되었다. 설상가상 시인이 병원에 있을 때 시인의 아내가 암으로 죽었다. 전주천변에서 포장마차를 하며 가족의 생계를 책임지던 아내였다. 정신병원에서 나온 시인은 아내의 영정사진을 붙들고 오열했다. 내가 중학생 시절 시립도서관에서 술에 취한 시인을 보았을 때, 그는 절망의 심연에 빠져 있었던 것이다. 시인은 한용운의 「알 수 없어요」 앞에 서 있는 어린 학생에게 어떤 말을 해 주고 싶었던 것일까?

어느 누구의 밤을 지킬 수 없는 "약한 등불"이었던 시인은 1990년 3월 2일 쓸쓸한 죽음을 맞이했다. "타고 남은 재가 다시 기름이 되길" 바라는 마음으로 그리운 아내 곁으로 떠났다고 나는 생각한다. 박봉우 시인이 세상을 떠난 날, 나는 대학 신입생이 되어 문학 동아리방의 문을 두드리고 있었다.

깨달음과 발견의 시학
— 한용운의 「당신을 보았습니다」

당신이 가신 뒤로 나는 당신을 잊을 수가 없습니다.

까닭은 당신을 위하느니보다 나를 위함이 많습니다.

나는 갈고 심을 땅이 없으므로 추수가 없습니다.

저녁거리가 없어서 조나 감자를 꾸러 이웃집에 갔더니 주인은

"거지는 인격이 없다. 인격이 없는 사람은 생명이 없다. 너를 도와

주는 것은 죄악이다."고 말하였습니다.

그 말을 듣고 돌아 나올 때에 쏟아지는 눈물 속에서 당신을 보

았습니다.

나는 집도 없고 다른 까닭을 겸하여 민적이 없습니다.

"민적이 없는 자는 인권이 없다. 인권이 없는 너에게 무슨 정조

냐." 하고 능욕하려는 장군이 있었습니다.

---

* 1970년 「동아일보」 신춘문예에 시가 당선되었다. 시집 『답청(踏靑)』 『저문 강에 삽을 씻고』 『한 그리움이 다른 그리움에게』 『시를 찾아서』 『돌아다보면 문득』 『그리운 나무』 『흰 밤에 꿈꾸다』 등을 펴냈으며 김수영문학상, 불교문학상, 만해문학상, 아름다운 작가상, 만해'님'시인상, 이육사시문학상, 지용문학상, 구상문학상 등을 수상했다.

그를 항거한 뒤에 남에게 대한 격분이 스스로의 슬픔으로 화하는 찰나에 당신을 보았습니다.

아아 온갖 윤리, 도덕, 법률은 칼과 황금을 제사지내는 연기인 줄을 알았습니다.
영원의 사랑을 받을까 인간역사의 첫 페이지에 잉크칠을 할까 술을 마실까 망설일 때에 당신을 보았습니다.

한용운, 「당신을 보았습니다」

「당신을 보았습니다」는 만해의 역사의식이 가장 뚜렷이 부각된 작품이다. 일제하에서 우리 민족이 겪어야 했던 고초가 새삼 뼈아프게 느껴진다. 1926년의 상황에서 이런 작품이 발표될 수 있었던 것은 『님의 침묵』에 실린 시편들이 지닌 사랑의 어조와 함께 시가 본래부터 지니고 있는 암시적 기능 덕분일 듯싶다. 만해의 시를 하나의 연애시로 읽는다고 해서 잘못될 것은 없지만, 그가 살았던 시대와 그의 삶과 그의 사상이 맺고 있는 보다 복잡한 관련성 속에서 깊이 있게 이해할 필요가 있다.

"당신이 가신 뒤"로 시작되는 이 시의 나머지 세 연은 "당신을 보았습니다"로 끝나고 있다. 이별은 님을 발견하는 계기가 되는 셈이다. '당신'과의 이별은 당신이 나에게 얼마나 중요한 존재였던가를 깨닫는 계기일 뿐더러 자기의 존재 의미를 발견하는 계기이기도 하다. 당신을 잊을 수가 없는 것은 "당신을 위하느니보다 나를 위함이 많다"는 말이 그런 뜻에서 나온 것이다.

그렇다면 '나'는 누구인가? 나는 갈고 심을 땅이 없고 집도 없고

민적까지도 박탈당한 사람이다. 주인으로부터 거지 취급을 받고 장군으로부터 능욕을 당하는 등 비인간적인 대우를 받는 것은 바로 이 '없음'에 기인한다. 이러한 나의 처지는 말할 것도 없이 식민지하에서 송두리째 뿌리 뽑힌 민중들의 삶의 현실을 뜻하는 것이리라.

여기서 '나'는 타락한 사회의 지배원리를 간파한다.

"아아 온갖 윤리, 도덕, 법률은 칼과 황금을 제사지내는 연기인 줄을 알았습니다." 라는 깨달음이야말로 이 시의 가장 빛나는 부분이다. '황금'이 나를 거지 취급하는 '주인'의 상징이라면 '칼'은 나를 능욕하려는 '장군'의 상징이다. 억압의 원리가 보편화된 사회에서는 온갖 윤리 도덕 법률은 한낱 효과적인 지배를 위한 제도적인 장치일 따름이다.

그런데 중요한 것은, 윤리 도덕 법률을 다만 사회적 토대의 반영으로 보는데 그치지 않고 "칼과 황금을 제사지내는 연기"라고 본 점이다. 무슨 뜻일까?

'제사'는 죽음을 암시한다. 사회적 모순이 한때는 사회를 이끌어가는 원동력이 되기도 하지만 머지않아 그 모순 때문에 멸망하게 되리라는 것을 만해는 믿고 있다. 모순은 바로 새로운 사회를 약속하는 씨앗인 것이다.

절망적인 현실 속에서 식민지 지식인이 취할 수 있는 행동은 제한된 것이다. 세상 저 너머에 존재하리라고 생각되는 초월적인 진리 속으로 은퇴하거나, 역사를 그 근본에서부터 부정하거나, 몽롱한 의식으로 현실과 영합하거나 해야 할 것이다. 그러나 식민지 현실 속에 매몰되어버린 이런 비역사적인 태도는 만해로서는 참을 수 없는 일이었을 터이다.

사랑이 있는 풍경

― 한용운의 「나룻배와 행인」

이정록*

나는 나룻배,

당신은 행인.

당신은 흙발로 나를 짓밟습니다.

나는 당신을 안고 물을 건너갑니다.

나는 당신을 안으면 깊으나 얕으나 급한 여울이나 건너갑니다.

만일 당신이 아니 오시면 나는 바람을 쐬고 눈비를 맞으며 밤에

서 낮까지 당신을 기다리고 있습니다.

당신은 물만 건너면 나를 돌아보지도 않고 가십니다그려.

그러나 당신이 언제든지 오실 줄만은 알아요.

나는 당신을 기다리면서 날마다날마다 낡아 갑니다.

---

* 1989년 「대전일보」 신춘문예와 1993년 「동아일보」 신춘문예에 시가 당선되었다. 시집 『눈에 넣어도 아프지 않은 것들의 목록』『어머니 학교』『정말』『의자』, 산문집 『시가 안 써지면 나는 시내버스를 탄다』, 동화집 『나무 고아원』『황소바람』『달팽이 학교』, 청소년 시집 『까짓것』, 동시집 『지구의 맛』『콧구멍만 바쁘다』 등을 펴냈다. 김수영문학상, 김달진문학상, 윤동주문학대상을 수상했다.

나는 나룻배,

당신은 행인.

한용운, 「나룻배와 행인(行人)」

나에게도 누나가 한 분 계시다. 누나, 하고 부르면 한겨울의 얼음 조각 같던 은하수도 솜이불이 되어 내려올 듯하다. 밥상 보자기를 적신 동치미국물처럼 그 은하수 이부자리에 흠뻑 오줌을 싸 버려도 누나, 하고 부르면 금세 보숭보숭 마를 것 같다. 하지만, 나는 누나의 삶에 짐이 될 뿐이었다. 누나는 나보다 세 살이 위였지만 내가 여섯 살의 어린 나이로 초등학교에 입학하는 바람에 학교로는 일 년 선배일 뿐이었다. 그게 문제였다. 농사는 뒷전인 채 새마을사업에만 헌신하던 아버지의 경제로는 자식 둘을 고등학교에 보낼 수 없던 터라서, 누나는 장남인 나를 위해 여고 입학을 포기해야만 했다. 한동안 누나는 완강하게 저항했다. 아버지가 술만 줄이셔도, 이장 직을 내놓고 돼지 세 마리만 키우셔도 충분할 것이라며 눈물깨나 뿌렸다. 나는 바위 같은 어머니의 한숨과 배운 여자들 고생만 한다는 할머니의 먼 산 사이에 끼어 아무 말 못하고 눈치만 살펴야 했다.

누나는 마지막 결전인양 숟가락 하나를 들고 골방에 처박혔다. 단식투쟁에 웬 숟가락인가? 밤이 이슥해지면 문고리에 꽂아놓은 누나의 상처 난 열여섯 살에서 딸가닥거리는 소리가 들려왔다. 어머니께서 고구마나 누룽지를 들여놓는 것이리라. 그럴 때면 나는 침도 못 삼킨 채 능력개발이란 보충 문제지를 건성으로 넘겼고, 아버지는 마른기침 소리만 양철지붕 너머로 퍼내고 계셨다. 일주일 지나, 아버지는 극적인 타협안을 내놓았다. 태안여상 학생들이 입는 보라색 코트 한 벌을 맞춰 줄 것이며, 일 년만 농사를 거들고서 취직을 해도 좋다는 것이었다.

노라노양장점에서 코트를 찾아다 놓았지만, 누나는 딱히 갈 곳이 없었다. 보라색 코트를 입고 무논 가에 앉아 냉이와 씀바귀를 캐던 누나는 나를 한없이 슬프게 했다. 새 코트를 버리지 않으려 허리에 묶어 맨 꼬락서니 때문에 나는 더 눈물을 짜내야 했다. 지금까지도 나는 보라색과 국방색을 가장 슬픈 색이라고 생각한다. 우울한 일 년이 지나고 누나는 읍내에 있는 동화전자주식회사에 취직했다. 진학하지 못한 슬픔을 달래려는 듯 누나는 박봉을 쪼개 월부 책부터 들여놓았다.『한국여류수필문학대계』라는 책이었다. 누나는 그 전집에 별책으로 딸려온 『韓龍雲의 名詩』라는 시집 한 권을 선물로 주었다. 내가 이 지구상에서 처음으로 만난 시집이었다. 그로부터 나는 시라는 것을 끼적거리게 되었으니, 나의 문학은 한국 시단의 말석에 부록이나 보너스라도 되는 것이다.

해마다 홍성에서는 만해제가 열린다. 올해, 나는 '만해 문학의 밤'에서 사회를 맡아보는 영광을 누렸다. 얼마나 기묘한 인연인가. 행사를 진행하다가 백일홍 나무 아래에 앉아 있는 누나와 눈이 마주쳤다. 조명을 받은 누나의 옷이 순간 보랏빛 번개가 되어 내 눈자위를 훑고 지나갔다.

누나, 하고 부르면 언제나 내 마음에서는 보랏빛 제비꽃이 흐드러지게 피는 것이다. 슬프고도 아름다운 보랏빛 수수꽃다리와 은하수가.

내 나이 열여섯이었다. 별똥별 하나가 내 가슴에 박혀서 빛나기 시작한 날 말이다. 그날은 초등학교 첫 동창회가 열리는 날이었다. 환타와 칠성사이다와 새우깡과 초코파이가 한 무더기씩 놓여 있었다. 야외 전축이 우리의 개다리 춤을 기다리고 있었고, 연주보다는 타악기로 쓰던 세고비아 기타가 삐딱하게 등을 기대고 있었다.

뒤늦게 그가 교실 뒷문으로 들어왔다. 빤히 건너다본 별빛 눈동자, 별똥별의 조도가 그렇게 밝은 것인 줄 처음 알았다. 동창회가 끝나고 신발장에서 막 운동화를 꺼내던 그에게 "반갑다!" 불쑥 손을 내밀었다. 처음이자 마지막 잡아 본 그의 손, 손아귀에 작은 거즈 손수건이 끼워져 있었다. 그러니까 내가 잡은 건 손이 아니라 붕대였다. 그래도 엄지에 닿은 손등의 숨결만은 아직도 생생하게 기억난다.

그날 밤, 나는 가마니 짜던 사랑방으로 거처를 옮겼다. 짝사랑은 독방이 제격이니까. 자, 이제 내 마음을 편지로 보내자! 좀 멋지게 시로 써서 보내자! 그런데 집안에는 달랑 『님의 침묵』이란 시집뿐이었다. 나는 서서히 표절에 맛들이며 편지 한 통에 시 한 편씩 끼워 넣었다. 『님의 침묵』은 온통 그리움과 사랑과 정절에 관한 것이라서 타고 남은 가슴이 별이 되기도 하고, 그의 흙발이 내 하얀 눈밭을 짓이기기도 했다. 끝내 내 나룻배는 흙발도 없이 사라졌다. 짝사랑처럼 아련한 시만 남기고.

나는 지금도 「나룻배와 행인」이란 시속의 풍경을 즐긴다. 이 시속의 풍경은 내 마음을 비춰보는 거울이다. 흙발인 채 다급하게 강을 건너는 한 사람이 있다면, 나는 온몸을 내던져 그를 건너게 해줄 수 있을까. 그와 동행할 수 없음을 알지만 지친 그가 다시 올 때까지 하염없이 기다릴 수 있을까. 바람과 눈비에 지워져 가는 그의 흙발이며 내 몰골을 물끄러미 바라보며, 어깨울음 출렁거리는 나룻배 한 척. 그런 슬픈 풍경이 내 마음에 그려지는 것이다. 그 '行人'은 지금 어디에 있을까. 뒤도 돌아보지 않고 언덕 너머로 달음질친 그는 어느 산맥을 넘어 어느 마을에 숨어살고 있을까. 아니면 그 또한 이 시대의 나룻배 한 척이 되어 숨 가쁘게 달려오는 흙발들을 건네주고 있을까.

나는 풍경과 이야기가 있는 시를 좋아한다. 그림이 잘 그려지는 시를 쓰고자 한다. 그림을 방해하는 시, 풍경을 두려워하는 시들을 잘 믿지 않는다. 그런 시들은 삶을 감동으로 바라보려는 눈과, 세상을 정면으로 건너고자 하는 발길질이 부실하다고 여기는 까닭이다. 하고자 하는 이야기에 자신이 없으면 풍경과 이야기를 숨긴 채, 모호한 기교로 연막을 치기 때문이다. 연막은 맵고 어두울 뿐이다. 연막으로 인한 눈물은 감동이 아니며, 또한 칠흑의 절망도 없다. 「나룻배와 행인」은 어느 방향으로 이야기를 엮어도 앞뒤로 수많은 이야기가 열려 있다. 풍경과 이야기는 닫힘이 아니라, 독자의 경험 속으로 새로운 길을 내어 주는 것이다.

나룻배여, 너는 낡아가고 '行人'의 발걸음은 바빠야 하는 것이다. 흙발이어야만 '行人'인 것이다. 나여! 나룻배 위에서 잠들지 말자.

시의 회화성의 매력

— 김광균의 「추일서정」

이하석*

언어들의 들끓음 속에서

고등학생 시절은 들끓는 말의 성찬이자 오솔길이었다. 닥치는 대로 읽었다. 외딴 말들도 열심히 찾아나섰다. 그때 자주 중얼거렸던 이런 말도 있었다.

> 이별은 미(美)의 창조(創造)입니다.
> 이별의 미는 아침의 바탕[質] 없는 황금과 밤의 올[絲] 없는 검은 비단과 죽음 없는 영원의 생명과 시들지 않는 하늘의 푸른 꽃에도 없습니다.
> 임이어, 이별이 아니면 나는 눈물에서 죽었다가 웃음에서 다시 살아날 수가 없습니다. 오오, 이별이여.
> 이별은 미의 창조입니다.
>
> 한용운, 「이별은 미의 창조」

* 1971년 『현대시학』 추천으로 등단했다. 시집 『투명한 속』 『김씨의 옆얼굴』 『우리 낯선 사람들』 『것들』 『연애 간(間)』 『천둥의 뿌리』 『향촌동 랩소디』 등을 펴냈으며 김수영문학상, 이육사시문학상 등을 수상했다.

한용운의 시 「님의 침묵」과 「알 수 없어요」가 내 비밀 노트에 베껴둔 말이라면 이 시는 내 방 벽에 붙여둔 시였다. 수시로 들여다보며, 이별의 슬픔과 고통의 신념을 어렴풋이 생각하곤 했다. 그 신념은 초극 또는 변증법적인 지양과 이어져 있으며, 그런 점에서 역설적으로 희망과 닿아있다. 그러므로 "눈물에서 죽었다가 웃음에서 다시 살아날" 수 있는 생성의 길을 보여준다. 이별은 관계의 끝이 아니라 새로운 시작이라는 낙관으로 삶의 기운이 세워지는 것이다. 이런 관점은 시를 쓰려는 내게 얼마나 의미심장하게 다가왔던가.

한편으로는 이런 말도 자주 중얼거렸다.

> 그러면 갑시다, 그대와 나.
> 수술대 위에 에테르로 마취된 환자처럼
> 저녁하늘이 펼쳐질 때
>
> T. S. 엘리엇, 「J. 알프렛 프로프록의 연가」 부분

엘리엇 특유의 서사 구조 속에서 발견하는 이런 단절된 풍경들의 묘사들에 나는 흠뻑 빠져 있었다. 그리하여 그의 초기 시는 물론 「황무지」의 "난로 빛을 받아, 빗질한 그네의 머리는 / 불의 점들처럼 흩어져 달아올라 / 말(言)이 되려다간 무서우리만치 조용해지곤 했다"(「체스놀이」 중에서) 같은 '기이한' 말들을 외고 다녔다. 그의 기지와 아이러니가 가슴을 찔렀다. 비유의 놀라움에 눈이 크게 떠지곤 했다. 그러면서 그의 시 특유의 세련과 균형 잡기가 어떤 심리로 표출될까가 항상 의문스러웠다.

이런 시들과 함께 나는 김소월, 정지용, 서정주, 박목월, 김기림

의 시들을 자주 외우고 다녔다.

묘사의 시선

그런 가운데서 내가 가장 애송했고 의미 있게 수용한 시로 김광균의 「추일서정」(1940년 『인문평론』에 발표)을 꼽는다. 김광균의 시 가운데서 가장 널리 알려진 시의 하나다. 이른바 한국 모더니즘과 이미지즘 계열의 본보기로 자주 들어올려지는 작품이다.

"낙엽은 폴-란드 망명정부의 지폐"라는 첫 구절부터 나를 설레게 했다. 이어서 "길은 한 줄기 구겨진 넥타이처럼 풀어져", "포프라나무의 근골(筋骨) 사이로 / 공장의 지붕은 흰 이빨을 드러내인 채", "세로팡지로 만든 구름" 같은 독특한 묘사이면서 정확한 비유로 여겨지는 말들이 나를 사로잡았다. 그의 시 「와사등」과 「설야」도 이런 멋진 비유들로 올이 짜여져 있다.

특히 김광균은 "시는 회화이다"라는 모더니즘과 이미지즘의 관점에 맞는 시 세계를 우리 문학에 처음으로 수용한 점에서 관심을 끌었지만, 도시적 삶의 풍경을 서경적으로 드러내는 그 시선에도 새삼 눈길이 갔다.

> 한 가닥 꾸부러진 철책이 바람에 나부끼고
> 그 우에 세로팡지로 만든 구름이 하나.

철책이라는 인공물과 자연인 바람의 관계 위에 펼쳐진 인공물로 비유된 자연인 구름의 묘사는 얼마나 신선하게 여겨졌던가.

작위적인 묘사 위주여서, 이른바 사물이나 풍경의 본질을 효과적으로 드러내는 데는 이르지 못하고 소재주의에 함몰된 아쉬움은 있다는 일부의 지적을 받기는 하지만, 당시 한국시에서는 생소했던 도시 삶의 모습을 이 정도나마 독창적인 비유로 드러냈다는 데서 그 충격이 더 크게 내게 다가왔던 듯하다. 나는 이 시를 역시 내 책상 위의 벽에 붙여놓고는 시를 생각할 때마다 들여다보며 그 말들을 만지작거리곤 했다.

> 낙엽은 폴―란드 망명정부의 지폐
> 포화에 이즈러진
> 도룬시의 가을 하늘을 생각케 한다.
> 길은 한줄기 구겨진 넥타이처럼 풀어져
> 일광의 폭포 속으로 사라지고
> 조그만 담배 연기를 내어뿜으며
> 새로 두 시의 급행열차가 들을 달린다.
> 포프라나무의 근골(筋骨) 사이로
> 공장의 지붕은 흰 이빨을 드러내인 채
> 한 가닥 꾸부러진 철책이 바람에 나부끼고
> 그 우에 세로팡지로 만든 구름이 하나.
> 자욱―한 풀버레 소리 발길로 차며
> 호올로 황량한 생각 버릴 곳 없어
> 허공에 띄우는 돌팔매 하나.
> 기울어진 풍경의 장막 저편에
> 고독한 반원을 긋고 잠기어 간다

김광균, 「추일서정」

흑백 영화 속의 시
— 워즈워스와 까비르

박남준*

흑백 영화가 상영되고 있었다.

거기 그 영화 속에 시가 나오고 있었다.

중학교 2학년쯤 텔레비전이 생겼을 것이다. 언덕 위에 안테나를 세우고 텔레비전이 잘 나오지 않을 때마다 언덕에 올라가 안테나의 방향을 돌리고는 했다. 그때 KBS와 MBC 두 채널만 나왔는데 KBS 명화극장이라는 프로그램에는 말 그대로 옛날 쟁쟁한 명작이라는 이름을 얻은 명화들이 방영되고는 했다.

엘리아 카잔 감독이 만든 나탈리 우드와 워런 비티가 주연한, 내가 시와 인연이 된 그 영화, 「초원의 빛」이라는 영화의 장면, 수업 시간에 시가 낭독되고 자막에는 워즈워스의 시가 흐르고 있었다.

* 1984년 시 전문지 『시인』에 시를 발표하며 작품 활동을 시작했다. 시집 『세상의 길가에 나무가 되어』 『풀여치의 노래』 『그 숲에 새를 묻지 못한 사람이 있다』 『다만 흘러가는 것들을 듣는다』, 산문집 『쓸쓸한 날의 여행』 『작고 가벼워질 때까지』 『별의 안부를 묻는다』 『꽃이 진다 꽃이 핀다』 『박남준 산방 일기』 등을 펴냈다. 전주시 예술가상, 거창 평화인권 문학상, 천상병문학상을 수상했다.

한때 그처럼 찬란했던 광채가

이제 눈앞에서 영원히 사라졌다 한들 어떠랴

초원의 빛 꽃의 영광 그 시간들을

다시 불러올 수, 없다 한들 어떠랴,

우리는 슬퍼하지 않으리, 오히려

뒤에 남은 것에서 힘을 찾으리라……

영화가 끝나고 슬픔에 싸였다. 그런 아픔에 전염되듯 영화를 본 한동안은 학교에서나 집에서 말문을 닫고 살았다. 그런데 나는 언제부터 기억이 잘못되어졌을까? 「초원의 빛」이라는 영화 제목을 워즈워스의 시 제목이라고 생각했으며 그 시 처음을 이렇게 알고 있었다.

여기 적힌 먹빛이 희미해질수록

당신을 사랑하는 마음 희미해진다면

나는 당신을 사랑하지 않겠습니다

……

그런데 워즈워스의 어느 시에도 '초원의 빛'이라는 제목은 없다. 또한 "여기 적힌 먹빛이"라는 시구는 나오지 않는다. 그러나 놀랍게도 인터넷 등에 워즈워스의 '초원의 빛'이라고 검색을 해보면 "여기 적힌……" 이런 구절이 나오는 것이다. 강연호 시인의 시처럼 때로 "잘못 든 길이 지도를 만든다". 그렇기도 한다.

중학교 2학년 때 국어 선생님의 집에서 본 놀라움, 방안 가득 쌓여있는 책, 초등학교야 도서관 자체가 없었지만, 중학교에 있는 도서관이라는 곳에도 책 한 권이 없었는데 난생처음 책의 산, 책의 바다에 둘러싸였다고 여겼을 만큼 많은 책을 만나면서 선생님의 집에서 책을 빌려다 보는 즐거움은 그 무엇보다도 컸다. 선생님의 책 속에서 워즈워스의 '초원의 빛'을 찾으려 산과 바다, 오래 헤매었다.

사람들이 묻는다. 어느 시인을 가장 좋아하고 영향을 받았는지. 그때마다 답한다. 가장 좋아하는 시인은 없다. 영향을 받았다고 말할 시인도 없다. 어느 시인의 어떤 시를, 누구누구의 이러이러한 시를 보다가 가슴이 부풀고 터질 듯 숨이 막혀서 책을 덮고 마당에 나가 밤하늘을 우러른 일이 많았다.

> 스승은 나로 하여금 미지의 세계를 알게 했네
>
> 발 없이 걷는 법을, 눈 없이 보는 법을
>
> 귀 없이 듣는 법을, 입 없이 먹는 법을
>
> 그리고 날개 없이 나는 법을
>
> 스승은 나에게 가르쳐 주었네
>
> 해도 없고 달도 없는 곳
>
> 그리고 밤도 없고 낮마저 없는 곳에서
>
> 내 사랑과 명상은 시작되었네

시인이 되고 많은 날이 흘러 위와 같은 까비르의 시구를 만났다. 나 아직 시를 짓고 노래하며 세상과 그 인연들에 담을 쌓지 않아서 사랑과 분노와 슬픔을 잃지 않았지만, 그대 어디로부터 와서 어디로 가는가. 오늘도 감사의 기도를 드릴 수 있는 몸과 마음과 자리를 주셔서 고맙습니다. 감사드리며 살아간다.

시, 서툰 것들의 환한 환생

— 박남준의 「흰 부추꽃으로」

문신*

몸이 서툴다 사는 일이 늘 그렇다

나무를 하다보면 자주 손등이나 다리 어디 찢기고 긁혀

돌아오는 길이 절뚝거린다 하루해가 저문다

비로소 어둠이 고요한 것들을 빛나게 한다

별빛이 차다 불을 지펴야겠군

이것들 한때 숲을 이루며 저마다 깊어졌던 것들

아궁이 속에서 어떤 것 더 활활 타오르며

거품을 무는 것이 있다

몇 번이나 도끼질이 빗나가던 옹이 박힌 나무다

그건 상처다 상처받은 나무

이승의 여기저기에 등뼈를 꺾인

그리하여 일그러진 것들도 한 번은 무섭게 타오를 수 있는가

* 2004년 「세계일보」와 「전북일보」 신춘문예에 시, 2015년 「조선일보」 신춘문예에 동시, 2016년 「동아일보」 신춘문예에 문학평론이 당선되었다. 시집 『물가죽 북』『결을 주는 일』, 동시집 『바람이 눈을 빛내고 있었어』 등을 펴냈다.

언제쯤이나 사는 일이 서툴지 않을까
내 삶의 무거운 옹이들도 불길을 타고
먼지처럼 날았으면 좋겠어
타오르는 것들은 허공에 올라 재를 남긴다
흰 재, 저 흰 재 부추밭에 뿌려야지
흰 부추꽃이 피어나면 목숨이 환해질까
흰 부추꽃 그 환한 환생

박남준, 「흰 부추꽃으로」

박남준 시인의 「흰 부추꽃으로」를 읽고 난 첫 느낌은 서늘함이었던 것으로 기억한다. 한 편의 시를 읽고 그런 느낌을 받기는 드문 일이었다. 내가 태어나고 자란 곳에서는 소불이라고 불렀지만, 부추는 텃밭 귀퉁이에 흔전만전한 것이었다. 부추꽃은 말할 필요도 없었다. 부추꽃 피면 부추가 억세진다는 말을 들었고, 부추꽃 피면 꺾어 말려 삼베 주머니에 씨를 받기도 했다. 어머니는 해질녘이 되면 부추 좀 끊어오라는 심부름을 자주 시켰다. 오래 써 끝이 닳은 무쇠 칼을 쥐고 밭으로 가 한 줌씩 부추 밑동을 끊으면 손아귀에 잡히는 가지런한 부추 다발이 뿌듯했다. 그런 후 오래전에 밭 언덕에 져다 놓은 잿더미를 한 줌 부추밭에 뿌리면 며칠 새 부추는 또 우북우북 자랐다. 어머니는 부추를 추리고 씻어 간장 조금 넣고 고춧가루에 버무려 상에 올렸다. 입맛 거드는 반찬이 있을 리 만무한 까닭에 우그러진 양푼에 밥을 덜어 넣고 부추를 넣어 썩썩 비비고는 거칠게 한 입씩 크게 떠넘기면 그날 하루가 저물어가곤 했다.

그랬던 부추가 한 편의 단단한 시가 되었으니, 이 시를 다 읽고 나서 등골이 서늘했던 것은 물론이려니와 뒤늦게 허벅지를 꼬집어 대며 크게 자책한 일이 있다. 소불에 관해서라면, 아니 부추에 관해서라면 나도 남들에게 밀지지 않을 만큼 알고 있는데, 그것이 시가 될 거라는 생각은 왜 못했을까? 이런 자책의 배후에는 시「흰 부추꽃으로」를 향한 시기와 질투의 젊은 날이 놓여 있었다. 이 시는 견고하게 버티고 선 절벽 같았다. 이 시를 넘어서지 않고는 도저히 시의 길을 갈 수 없었다. 그런 까닭에 붉은 원고지 칸칸에 베껴 썼고, 그것도 모자라 원고지 뒷면에 촘촘하게 필사했다. 읽어보기를 수차례, 낭송하고 암송하는 사이, 이 시는 "내 삶의 무거운 옹이"처럼 박혔고, 나는 숱한 습작의 밤을 헤매며 "몇 번이나 도끼질이 빗나가던 옹이 박힌 나무" 앞을 서성거렸다.

그렇게 마음에 새겨두고 또 몇 년이 흘렀다. 그러던 어느 날, 술자리에서 박남준 시인이「흰 부추꽃으로」를 암송하는 것을 들었다. "몸이 서툴다 사는 일이 늘 그렇다"라는 첫 구절을 천천히 그러나 단단하게 뱉어내는 소리를 들으며 나는 문득 서러움에 북받쳤다. '서툴다'라는 말이 명치끝에 콱 박힌 것이다. 시는 써지지 않고, 삶은 지지부진하던 때였다. 읽고 쓰기를 몇 해째, 좌충우돌 세상에 이마를 맞대고 사느라 "자주 손등이나 다리 어디 찢기고 긁혀" "절뚝거"리는 나날이었다. 나는 속으로 이 시를 따라 읊으며 내 가슴 모서리 작은 텃밭에 푸르게 밀어 올린 흰 부추꽃을 생각했다. 너무 작아서 꽃인가 싶기도 하고, 꽃이라고 하기에는 너무 맑은 흰 부추꽃은 세상 가장 낮은 곳에 돋아난 별이었다. 그 "별빛이 차다 불을 지펴야겠군"이라는 구절을 따라 읊는데, 내 기억의 숲 어딘가에서 희미하게 반짝이는 것이 보였다. "상처받은 나무"가 되어 불길 속에서 활활 타올라 버린 친구의 죽음이었다.

내 등단작 「작은 손」의 아이디어가 탄생한 순간이었다. 고등학교 졸업을 앞두고 불의의 사고로 삶을 마감했던 친구가 "흰 부추꽃 그 환한 환생"처럼 시의 언어로 피어났다. 겨울이었고, 장례식장 앞 주차장 구석에 장작불이 타고 있었다. 드럼통을 개조해 만든 장작 난로 앞에 고등학교 졸업식을 며칠 앞둔 우리는 동그랗게 둘러 술을 마셨고 애도했고 울분을 토했다. 뜨거운 드럼통을 주먹으로 쳐대는 녀석을 뜯어말리는 소리가 캄캄한 하늘 저쪽으로 사그라졌고, 그때 거짓말처럼 하얗게 눈이 내리기 시작했다. 흰 부추꽃 같은 눈을 맞으며, 그 눈송이들이 죽은 친구의 얼굴인 양 손바닥으로 받아 안으면 눈송이는 손바닥을 적셨다. 발갛게 추운 젖은 손을 장작불 앞으로 밀어 말리면 막막했던 핏줄이 트이고 다글다글 끓어오른 피가 춥고 쓸쓸한 밤을 휘몰아갔다. 그렇게 우리는 조금씩 슬픔을 덜어냈다.

이런 기억을 더듬어가며 나는 시 「작은 손」을 썼다. 아니, 사실은 머릿속 구석에 별처럼, 눈처럼, 하얗게 피어 있던 흰 부추꽃이 이 시를 쓰게 했는지도 모른다. 박남준 시인이 「흰 부추꽃으로」에서 무섭도록 절제하고 있는 삶의 불길과 "흰 재, 저 흰 재"에 묻어두고 있던 환한 "목숨"이 알 수 없는 열망을 타고 내 시로 건너왔는지도 모르겠다. 「작은 손」을 쓰면서 나는 젊은 날 무섭도록 몰입했던 죽음 충동과 「흰 부추꽃으로」에서 읽었던 삶을 향한 뜨거운 열기의 세례를 한꺼번에 경험했다. 그래서일까? 지금도 나는 시를 쓸 때마다 우리의 삶을 "환한 환생"으로 읽어내는 버릇이 있다. 이 땅에 숨붙이고 살아가는 모든 서툰 것들도 한 번쯤은 그렇게 환한 목숨으로 피어나야 하지 않겠는가! "어둠이 고요한 것들을 빛나게" 하는 것처럼, 캄캄한 밤하늘 아래 서툰 목숨이 있어 우리 사는 일이 조금은 덜 외롭고 덜 쓸쓸하고 덜 고단할 거라고, 나는, 믿는다.

첼로의 생각

―김영태의「첼로」

흰 말(馬) 속에 들어있는

고전적(古典的)인 살결,

흰 눈이

저음(低音)으로 내려

어두운 집

은(銀)빛 가구(家具) 위에

수녀(修女)들의 이름이

무명으로 남는다

화병마다 나는

꽃을 갈았다

얼음 속에 들은

엄격한 변주곡(變奏曲),

* 1986년 계간 『세계의 문학』으로 등단했다. 시집 『얼음시집』 『살레시오네 집』 『푸른빛과
싸우다』 『그가 내 얼굴을 만지네』 『기억들』 『진흙얼굴』 『내간체를 얻다』 『날짜들』 『검은
색』 『슬프다 풀 꽃혜 이슬』, 산문집 『풍경의 비밀』 『삶과 꿈의 길, 실크로드』를 펴냈다. 김
달진문학상, 소월시문학상, 상화시인상, 이상시문학상, 편운문학상, 전봉건문학상, 목월문
학상, 송수권문학상을 수상했다.

흰 눈의

소리 없는 저음

흰 살결 안에

램프를 켜고

나는

소금을 친

한 잔의 식수(食水)를 마신다.

나는 살빠진 빗으로

내리 훑으는

칠흑(漆黑)의 머리칼 속에

삼동(三冬)의 활을 꽂는다.

김영태, 「첼로」

첼로라는 악기보다 「첼로」라는 시를 먼저 만났다. 김영태의 시 「첼로」는 1968년 김영태 황동규 마종기 시인의 『평균율 1』 동인지에 발표되었다. 시 「첼로」는 모리스 라벨의 「바이올린과 첼로를 위한 소나타」에 최적화된 시편이다. 시 「첼로」는 첼로보다 더 섬세하고 다채롭다. 첼로의 선율 이전에 이미 시 「첼로」에 매혹당했지만 언젠가 「첼로」보다 더 섬세하고 다채로운 첼로의 음률을 듣고자 했다. 시 「첼로」는 단정하자면 비극적 색채론을 뒤집어쓴 감수성이었다. 그리고 야노스 스타커가 연주한 코다이의 「무반주 첼로 소나타 8번」을 감상했다.

시 「첼로」의 산문적 행적을 따라간다면

희고 어두운 명암('흰 말'과 '흰 눈' 그리고 '어두운 집'의 '은빛 가구')은
쉬이 바래기 쉽기에("수녀들의 이름이 무명으로 남는다")
무채색의 소나타 형식으로 되돌아오곤 한다.

저녁의 무채색 음은 영혼을 지켜보고("화병마다 나는 꽃을 갈았
다"),

삶을 자각시킨다.("얼음 속에 들은 엄격한 변주곡")

그것은 고양된 즐거움("흰 살결 안에 램프를 켜고")이지만

멜랑콜리의 변주("소금을 친 한 잔의 식수를 마신다")이기도 하다.

생이 그러하듯 허무와 허망이 되돌아온다.("살 빠진 빗으로 내리
훑으는 칠흑의 머리칼 속에 활을 꽂는다")

시 「첼로」는 이미지와 이미지가 서로 깍지 낀 모습이다. 마치 모
리스 라벨의 표현 음악을 시로 번안한 듯 산뜻하고 선명한 이미지
들이 서로 꼬리를 물고 있다. 무거운 정념에도 불구하고 첼로의 선
율이 떠받친 각인이 선연하다. 이미지들은 제각기 경첩을 달아 긴
밀하게 연결되어 있다. 뒤따르는 이미지는 앞선 이미지를 오버랩
하다가 앞선 이미지가 서서히 빛을 잃어가면서 페이드 아웃될 때
까지 기다려 다시 제 뒤쪽의 언어를 선택한다. 그러니까 시 「첼로」
의 언어들은 서로가 서로를 이끌어주고 길항하고 경계한다. 흰 말
과 흰 눈을 연결시켜주는 고전적인 살결은 당연히 희고 매끄러운
여인의 살결이다. 김영태가 바라본 첼로의 몸/음악은 여성성이다.
흰 말은 첼로의 시작이다. 흰 말의 역동성으로부터 정지화면을 이
끌어낸 시인의 감각이 교묘하다. 그리고 다시 흰 눈이 불러낸 은
빛 가구와 수녀들의 이름은 수도원의 단정함과 엄격함이다. 그것

은 영혼의 영역으로 나아가는 발자국의 변주이다. 다시 시는 발화의 주체로 나를 등장시킨다. 첼로에 기대었지만 외로운 자아인 나는 첼로와 첼로의 음률 사이의 매개자이다. "화병마다 나는 꽃을 갈았다"는 선언은 세계의 주체로서의 나를 인식하는 것에 다름 아니다. 그리고 다시 변주곡과 흰 눈과 흰 살결 안의 램프(흰 살결 안에 램프를 켠다는 이미지는 환하게 와 닿는다)와 소금을 친 한 잔의 식수를 마시는 첼로의 이미지가 이미 선율과 합일되어 울려 퍼진다. 그게 단순한 음악회가 아닌 것은 "살 빠진 빗으로 내리 훑으는 칠흑의 머리칼 속에 활을 꽂는다"라는 결구 때문이다. 이 구절은 첼로의 허망과 허무를 뛰어넘는 지독한 탐미성 때문에 오래도록 독자의 시선을 붙들고 있다. 첼로 선율은 기본적으로 저음이다. 고음이 인간을 고양시킨다면 저음은 인간에게 사유를 제공한다. 그러니까 사유를 제공하는 첼로의 선율이라는 자기장이 이러한 영롱한 이미지를 묘사했다. 그래도 의문은 남는다. 지금 화자는 첼로 음악을 듣고 있는 것일까 아니면 첼로를 직접 연주하는 것일까.

시 「첼로」에서 도드라진 것은 흑백의 마주침이다. 흑도 백도 모두 낮은 음성이다. 예컨대 코다이의 무반주 첼로 소나타는 흑과 백이 함께 또 다른 대상과 마주친다. 나는 그것이 말머리성운이라고 생각한다. 허블망원경이 선명하게 사진을 찍은 말머리성운은 오리온자리의 삼태성 중 왼쪽 별인 알니타크에 인접한 암흑 성운의 이름이다. 밝은 가스 성운인 IC434를 가리면서 그 전면에 있으며 지구로부터 1500광년 떨어져 있다. 기체와 머지 구름이 말의 머리 형상을 하고 있기에 말머리라는 이름이 생겼다. 성운은 별 사이에서 기체나 티끌 같은 물질들이 집중적으로 모여 구름처럼 보이는 것이다. 나 자신이 성운 속의 티끌이라는 자각 역시 스타커의 연주 속에 삽입되어 있다. 왜 말머리성운일까. 최승호 시인은 시 「말머리성운」에서 자신의 존재를 "허공에 떠 있는 지구 덩어리"이자 "그 위의 초라한 마구간 한 채" 위의 "하늘 저쪽에서도 재 냄새나는 말머리성운이 검은 말대가리 모양으로 나를 굽어보는 밤에 나는 재의 여물을 씹는다"라고 자책했다. 첼로의 낮은 선율 덕분에 오리온자리의 별들을 자세히 기억하여야만 했다. 말머리성운을 포함하여 내가 느끼는 감정은 첼로만의 선(禪)에 가까운 느낌이다.

첼로의 선(禪)과 선(線)은 슬픔이 기조가 되어 슬픔이 슬픔을 이끌고 가는 슬픔 너머의 세계이다. 전자의 선(禪)은 슬픔이 어떻게 익숙한 세계가 되는가를 보여준다면 후자의 선(線)은 슬픔의 결을 지시한다. 글썽이는 슬픔을 슬픔이 씻어낸 세계 전체를 첼로는 선과 선으로 드러낸다. 선과 선은 또한 물방울이 한 방울씩 갈증의 입 속으로 떨어지는 순간과 다르지 않다. 말머리성운과 첼로의 공명통 사이의 거리가 바로 선과 선이기도 하다. 또 다른 이미지가 필요하다면 생략된 여백 혹은 생략된 언어를 떠올리자. 무수히 많은 생략들이 첼로의 저음 속에 가득하다.

무던하게 그윽한 사랑

— 정화진의 「그윽한 사람」

하기정[*]

    거국적인 선언이 있었던 1987년 초여름, 나는 다른 사람들은 물론이고 나 자신을 위한 한 마디 선언이나 다짐도 없이 그저 그런 10대를 보내고 있었다. 그 무렵의 어느 토요일 오후, 민중서관 앞에서 오지 않는 친구를 하염없이 기다리다 이윽고 바람맞힌 친구에게 전화를 걸려고 공중전화 앞에 줄을 섰다가, 부스 안으로 들어서려던 나와 전화를 끊고 급하게 부스를 박차고 나오는 중형체급의 사람과 맞부딪쳤고 표준미달의 체급인 내가 넘어지고 말았다. 연이어 드는 낭패감 때문에 현장을 어서 뜨고 싶은 마음은 당연했다. 하릴없이 헌책방 골목에 있는 홍지서림으로 갔다. 그러니까 책을 좋아해서 서점에 간 것이 아니라 바람맞은 시린 목에 뭐라도 둘러 걸치고 싶은 생각이 들어서였다.

    후미진 곳에 자리한 시집 코너로 가서 아무 책이나 손에 닿는 대로 펼쳐본 것이 (운 좋게도) 이성복 시인의 『남해 금산』이었다. 지금도 그 버릇은 여전하지만, 새 책을 펼쳐볼 때는 오른손으론 책

---

[*] 2010년 「영남일보」 신춘문예에 시가 당선되었다. 시집 『밤의 귀 낮의 입술』을 펴냈으며 5.18문학작품상, 작가의 눈 작품상, 불꽃문학상을 수상했다.

등을 쥐고 왼손 엄지손가락으로 지탱하면서 뒷장부터 빠르게 넘긴다. 그러면 페이지마다 바람에 실려 온 종이 냄새와 활자 냄새가 난다. 읽기보다는 맡았던 것. 그래서 처음 맡았던 시는 맨 뒤에 실린 시.

> '한 여자 돌 속에 묻혀 있었네 / 그 여자 사랑에 나도 돌 속에 들어갔네'

『남해 금산』의 마지막 시는 「남해 금산」이었다. 징 소리가 끝나기도 전에 돌처럼 굳어버렸다. 나에게로 들어와 화석이 된, 시의 첫 문장이었다. 교실에서 「나룻배와 행인」에 나오는 수미상관법을 외우던 때였다.

시인이 되고 싶다는 생각을 해본 적은 없었지만, 그날 나는, 시인은 되지 못하겠구나, 라기보다는 (시가 이토록 아름다운 거라면) 나는 시인이 돼서는 안 되겠구나 하는 절망과 안도의 안락함이 뒤섞인 한숨을 내쉬었다. 시간이 흘러 남해에 가서 금산을 올려다봤어도 「남해 금산」을 떠올리지 못했다. 청춘의 시간은 웜홀 속으로 빨려 들어가다 툭 튀어나온 애벌레처럼 얼떨결에 지나갔고 나는 진짜 애벌레처럼 굼뜨게 기며, 가장 더딘 완보동물의 권속으로 살았다. 어느 날인가는 지리산 세석산장에서 잠을 자다가 모래사장의 모래처럼 흩뿌려진 별을 보았다. 별과 별 사이 나와 별 사이의, 촘촘하고도 멀리 떨어진 거리를 헤아릴 수 없어 나도 별처럼 눈을 깜빡인 것 같았는데, 눈물이 흘러내렸다. 그것은 내가 가여워서 흘린 눈물이 아니었다. 내 몸이 쇠라의 그림 속에 찍힌 한 점 픽셀보다도 더 작다는 당연한 사실을 깨달았기 때문이었다. 순간 분재처럼 늙은 기분이었고 박제보다 오래 산 것 같았다. 그러나 무엇을 깨닫는 것을 두려워한다. 깨달아도 곧잘 까먹고, 새긴다 한들 그것은 착 달라붙어 만성이 되기 일쑤였고 곧 낡아버렸다. 그런 어리석기 짝이 없는 (그러나 이것도 어쩔 수 없는) 나는 나에 대한 아무런 욕망도 열망도 없이, 이 나뭇가지에서 저 나뭇가지로 나무늘보와 형제로 지냈다.

그러던 때에 시의 스승을 만났다. 이제 혹(惑)한 것을 보고도 겨우 무감해질 무렵이었다. 나의 스승님은 '시는 자유다!'라고 했다. 그것은 정의가 아니라 선언이었다. 1987년의 선언이, 세석산장의 별빛이, 이제야 도착한 것 같았다. 시 안에서는 실패도 절망도 아름다웠다. 악도 독설도 아름다웠다. 모두가 그토록 욕망하고 열망했던 것들이 시 안에서는 침대 밑에 쌓인 먼지 같았고, 추하고 보잘것없다고 여겼던 것들은 절실한 아름다움으로 다가왔다. 이 모든 걸 안도현 선생님으로부터 배웠다.

여전히 시는 아득히 먼 데 있다. 첫 시집을 낸 밤에는 시집을 베고 자다가 악몽을 꾸었다. 지나치게 뜨거운 말과 드라이아이스처럼 쩍 달라붙는 차가운 말들이 책장 사이를 빠져나와 온통 어지럽혔다. 소용돌이 속에서 좌고우면하던 가운데에 만난 시가 정화진 시인의 「그윽한 사람」이었다. 속수무책이었다. 내게 좋은 시란, 알고 있었던 것을 공감하면서 고개를 끄덕이게 하는 시보다는 모르는 세계 앞에 쿵, 하고 던져 놓는 시이다. 그런 시 앞에서는 절벽을 본다.

…… 왜…… 그렇게…… 그럴까…… 그건…… 그렇지만…… 그
래서…… 그렇다고…… 그토록 자주 아프면…… 글쎄요라니……
시원찮게도…… 그러나…… 그래…… 그러니까…… 그렇게도……
그윽하게…… 그치지 않고…… 그려 놓은…… 그림…… 그 아래
…… 그저…… 그냥 어쩌지도 못하면서…… 그게…… 글쎄…… 그
러면…… 그 너머…… 그리운 그늘과 그림자…… 있지 그나마……
그다지도…… 그지없이…… 그래야만 하는 건지…… 그렇지?……
그렁거리는 그득함에…… 그을리는…… 그을음…… 그믐치 내리
는…… 그런 그늘이…… 자, 그 그만 그만

정화진, 「그윽한 사람」

이 헐겁고 여백투성이인 말의 구조물 앞에서 망연자실하게 된
다. 온통 표지판으로 가득한, 온전한 문장이 되지 못한 말들로 아
득한. 의문부사로 출발하여 최선을 다해 질문하거나 최선을 다해
접속하여 접촉하려는 의지의 표명이다. 상황을 뒤엎거나 최선을
다해 말하려 할 때, 할 말 앞에서 전전긍긍하는 애피타이저 같은,
그러나 궁극에는 맛을 볼 수도 없는 음식 앞에서 불가능한 말들은
최선을 다하고 있다. 머뭇거리고 생략된 말줄임표 안에서 말을 더
듬는 발화자는 생각이 현실, 또는 문장으로 실현되기를 바라는 것
이 아니라, 기능을 상실하게 하면서 다른 방향으로 밀고 나가 구축
한 기존의 질서를 무너뜨리려 불을 붙이는 발화체(發火體)이다. 밖
으로 간신히 나오는 말은 시너가 되어 표지가 가리키는 방향대로
가보려는 흔적이다. 따라서 여백은 더 분주하고 밀도가 높다.
버퍼링 같은 표식이 일러주는 화살표대로 따라가다 보면 어떤

말들은 자학하기 위한 주저흔과 포획되지 않기 위한 방어흔들의 수많은 자국 안에 내 발을 들여놓을 수밖에 도리가 없다. 접속사 안에 접촉자들은 붐빈다. 통로가 여기밖에 없기 때문이다. 저 첫 번째 말의 서열에서 벗어난 주변부의 말, 단호하지 못하지만, 어떤 사태의 추이를, 한발 물러선 두 번째 자리에서 재고해보는 것.

표지가 쳐놓은 그물망 안에는 우리가 뛰어들어 얼마든지 만들어 낼 수 있는 사연으로 가득하다. 모든 말들이 건너오고 건너갈 수 있다. 이 시는 그러한 모든 것들의 징검다리이다. 모든 이야기를 집어넣어 대응해도 조응하여 관통하고 만다. 오독해도 통한다는 말이 아니라, 다르게 읽을 수는 있지만 틀리게 읽어서는 정독할 수 없다는 말이다. 그러므로 그물망 안에 버벅거리는 것은 말하려 하는 것에 최대한 가깝게 가고 싶다는 뜻이다. 그러나 현실(現實)과 실현(實現)은 앞뒤만 뒤바뀐 게 아니라 뜻도 다르다는 것, 우리가 현실에서 꿈을 이루거나 기대 따위를 실현하기는 요원하다. 꿈이 현실 때문에 실현될 수 없는 것으로 보았을 때, 모든 말은, 도대체 이 말이라는 것은 불확실할 수밖에 없다. 우리가 할 수 있는 말이란, 얼마나 적은지, 말 앞에서 얼마나 골똘해야만 하는지, 그래서 함부로 발설해서는 안 된다는 것을. 많은 할 말 앞에서 이 시는 우리가 열을 올리며 하는 말들이 얼마나 가벼운지 말하는 것 같다.

그러나 사실 이 시는 너무 많은 말을 하고 있는지도 모른다. 혹은 말을 했지만 아무 말도 하지 않았을 수도. 그윽하기 그지없는 시인은 깊숙하고 은근하고 아늑하여 고요한, 이 말 앞에서 언제나 한 발짝 늦게 도착하는 진실을 붙잡으려고 안간힘을 썼는지도 모른다. 그러니 '자, 그 그만 그만'라고 종용하는 순간에 새롭게 사랑이 다시 시작하는 것이다.

　그래서 관습적으로 사용하는 말들이란 '우리'의 말이지, '나'의 말이 아닌 것이다. 시인은 발명에 관한 한, 영원히 짝사랑하는 사람으로만 남는다. 그래서 다시 사랑하라고 한다. 내가 너에게 한 말이 얼마나 믿을 수 없는 말들이었는지, 의심의 여지없이 얼마나 닳고 닳아빠진 말들이었는지 생각 좀 해보라고. 그래서 「그윽한 사람」은 그윽한 사랑을 더듬더듬 망설이며 계속해보겠다고, 그것이 시가 할 일이라면. 이다지도 무던하게. 그윽한 사랑을 계속해보겠노라고.

나를 가르친 시조 한 수

말하기 좋다 하고
남의 말을 말을 것이
남의 말 내 하면
남도 내 말 하는 것이
말로써 말 많으니
말 말을까 하노라

작자 미상

전주와 군산 등지에서 펼쳐 놓았던 사업이 기울자 아버지는 식
솔들을 앞세우고 고향에 왔다. 전라북도 완주군 용진면, 시천(詩川)
이라는 마을이었다. 내가 여덟 살 때 일이었으니, 초등학교 취학
적령기를 이미 넘겨버린 큰아들 나이가 귀향을 재촉했을 것이다.
그 바람에 나는 태어나자마자 등졌던 고향에 다시 안기게 되었다.

---

* 1981년 「조선일보」 신춘문예에 시, 1982년 「경향신문」 신춘문예에 소설이 당선되어 작
품 활동을 시작했다. 소설집 『사냥』 『홀리데이』, 중편집 『모래내 모래톱』, 장편소설 『마지
막 조선검 은명기』(전3권) 『저기 저 까마귀떼』 『북쪽 녀자』, 어른을 위한 동화 『세상이 앉
은 의자』 등을 펴냈다.

시천은 마을 규모가 제법 커서 동쪽부터 차례로 시상리, 시중리, 시하리에 새터까지 거느린 단일 부락이었다. 우리가 깃든 집은 시중 쪽, 방 한 칸에 임시로 덧댄 부엌 하나가 딸린 셋방이었다. 제금 나면서 물려받은 논밭을 팔아 사업 자금을 마련했던 아버지는 아마도 낯을 들고 마을길을 나다니기가 쉽지 않았을 것이다. 그는 주야장천 방 안에만 칩거했다. 할 수 없이 나는 동네 모정(茅亭)에 나가 소일하는 날이 많았다.

모정은 전라도 농촌 마을이라면 어디나 한두 개씩은 다 있었다. 주로 여름날 피서를 위한 목적으로 만들어졌는데 정자를 모방한, 빈한한 시골 마을의 소박하기 이를 데 없는 공간이었다. 그래서 기와 아닌 볏짚이나 억새로 지붕을 얹어 모정이라고 했을 것이다.

내가 주로 찾았던 모정은 서쪽 끝 시하리 모정이었다. 말 그대로 시천의 냇물에 놓인 징검다리를 건너면 바로 모정이 있어서 깜냥에는 물도 좋고 정자도 좋은 곳이었다. 그런데 모정 기둥에는 누군가 붓으로 적어놓은 저 사설시조가 있었다.

명색이 시천이라는 마을에 시를 새긴 편액 하나가 없어서 아쉬웠던 것일까? 마을에 서당 하나가 있기는 했다. 나도 한때 그 서당을 다닌 적이 있었는데 서당 훈장에게 물어봐도 누가 써놓은 무슨 글인지는 알 길이 없었다. 하여튼 그 누군가가 그냥 나무 기둥에 또박또박 써놓은, 말장난 같은 시조는 아주 오랜 세월 동안 내 머리를 맴돌았다. 초장과 중장, 종장을 전체 여섯 개의 행으로 나눠 적었기에 어디가 앞이고 어디가 뒤인지도 짐작할 수 없는, 나에게는 그야말로 수수께끼 같은 글귀였다. 말 말을까 하노라가 끝인 것 같기는 한데 어차피 여기도 말, 저기도 말이어서 반드시 그런 것만은 아닌 듯도 했다. 짓궂은 어느 누가 장난삼아서 써놓은 낙서일까? 하지만 입안에 굴리며 읽을수록 감도는 걸로 봐서 그렇게 내칠 글도 아닌 게 분명했다.

만약 내가 그 당시에 저 시조에 대한 의문을 모두 풀 수 있었더라면 나는 끝내 시라는 것, 시조라는 것, 문학이란 것과는 담을 쌓고 살게 됐을지도 모른다. 좀 더 자라서 내 머리 속에 자리 잡았던 시조가 또 다른 형태로 싹을 내밀 즈음, 그러니까 그게 시라는 걸 내가 눈치 챌 무렵, 저 시조가 나를 스스로 가르치기 시작했다.

4음보(音步)로 이루어지는 시조의 정형 운율은 어린 내 몸에 알게 모르게 율격이라는 것을 심어주었다. 시가 인간의 호흡을 거역해서는 안 된다는 사실을 나는 거의 독자적으로 익힌 셈이었다. 일상 대화에서도 내 말은 시를 읊조리는 것 같은 운율이 느껴진다고 혀를 내두르는 친구들도 있었다. 이른바 언어유희로 이름 지어진, 시조 한 편에 말이 아홉 번이나 등장하는 기묘한 반복의 맛은 나에게 기교라는 것을 가르치기도 했다. 대화를 할 때든, 시를 짓는 일에서든, 말 하나 시어 하나를 얼마나 신중하게 골라야 할 것인가 하는 교훈이야 따로 또 말해서 뭐하랴.

먼 후일에 시로 등단하고 난 뒤 나는 고향 시천에 작은 보답이라도 하는 셈치고 시를 하나 짓고, 편액을 만들어 모정에 걸고 싶다는 뜻을 아버지에게 건의한 일이 있었다. 아버지는 내 뜻을 강하게 만류했다. 동네에 말이 난다는 이유에서였다. 아, 말이 나다니……. 기이하게도 또 그 말이 수십 년 세월을 지나 내 귀에 들렸다. 하지만 나는 굳이 내 어린 날들과 함께 해온 고독한 경험에 대해 실토하면서 그를 설득하고 싶지는 않았다. 그래서 아버지의 뜻에

순종했으며, 시를 쓴 종이를 몰래 아궁이에 던졌다.

이래저래, 내가 어찌 저 시조를 잊을 수 있겠는가?

시, 하늘에 사무치는 주문(呪文)

—허영자의 「피리」

복효근*

흐르는 바람으로
가락을 빚는 그 사람

아 나는
얼마나를
그 창조의 가슴과 손으로
하늘에 사무치는
주문이고 싶으랴

봄날 아침
문을 여는 꽃

---

* 1991년 계간 『시와 시학』으로 작품 활동을 시작했다. 시집 『새에 대한 반성문』『목련꽃 브라자』『마늘촛불』『따뜻한 외면』『꽃 아닌 것 없다』『누우 떼가 강을 건너는 법』『고요 한 저녁이 왔다』『허수아비는 허수아비다』, 시선집 『어느 대나무의 고백』, 청소년시집 『운 동장 편지』, 교육 에세이집 『선생님 마음 사전』 등을 펴냈다. 편운문학상, 시와 시학상, 신 석정문학상을 수상했다.

죄 없이 웃는 영혼이고 싶으랴

허영자, 「피리」

시골을 떠나와 도회지 사립고등학교로 진학한 나는 도무지 낯설기만 한 도회지 생활은 물론 학교에도 잘 적응하지 못했으며 친구들과도 잘 섞이지 못하고 있었다. 그나마 학업성적은 맨 뒤를 맴도는 부진학생이었다. 그도 그럴 것이 중학시절까지 공부다운 공부를 해보지 못했기 때문이다. 초등학교 그리고 중학시절엔 내내 그림 그리기에만 빠져있었다.

도회지로 나오면 그림도 많이 보고 학교에서도 그림을 더 잘 배울 수 있겠지 했던 막연한 기대는 물거품이 되었다. 기다리는 것은 갖은 고생과 절망뿐이었다. 늦둥이로 낳은 나를 뒷바라지해줄 아버지는 병환으로 경제활동을 하지 못했고 형제들은 제 길 찾아가기 바빴다. 가난한 이모님 댁에 얹혀 지내기도 하고 그것도 사정이 여의치 않아 독서실에서 새우잠을 자기도 하고 여기저기 친척집을 전전하며 학업을 이어가고 있었다. 가난은 불편함일 뿐이라고 말한 사람도 있지만 어린 나이엔 불편함을 넘어서 절망이기도 하고 부끄러움이기도 했다. 그림을 그리고 싶었으나 당장 4B연필 한 자루, 종이 한 장 살 돈이 없는 나는 그 즈음에서 그림에 뜻을 접어야 했다.

가끔 학교 도서실을 찾았다. 딱히 책을 좋아해서가 아니라 그저 이 책 저 책 보고 있노라면 시간은 잘 가기 때문이었다. 워낙 놀기만 했던지라 공부도 크게 관심이 없어 학과와는 거리가 먼 책만 뒤적거리곤 했다. 어쩌면 그 어떤 정서적인 허기가 나를 잡고 놓아주지 않는지도 모른다. 학교 도서실에는 손바닥만 한 문고판 책들이 많았다. 아주 어려서부터 누나들이 보다가 던져놓은 시집을 읽기도 하면서 간간히 나도 끼적이며 시 흉내를 내왔던 터라 문고판으로 나온 시집들을 주로 관심 있게 읽었던 것 같다. 그러던 어느 날 폐기처분하기 위해 한구석에 쌓아 놓은 책 더미를 뒤지다가 얄포름한 시집 한 권을 찾아 읽게 되는데 당시 유명한 시인들의 시들을 모아놓은 일종의 앤솔러지였다. 사서 선생님한테 부탁하자 기꺼이 내게 주셨다. 그 시집에 실린 작품 가운데 유난히 오래, 그리고 차분히 내 마음 속 깊이 안기는 시 한 편이 있었다.

허영자 시인의 「피리」라는 작품이었다. 짧기도 해서 여러 번 읽다보니 나중엔 중얼중얼 혼자서 읊기도 했다. 그게 그 뒤로 내가 쓰는 시의 나침반이 될 줄은 그땐 몰랐다. 음악(피리)을 두고 한 말이지만 미술도 마찬가지일 것이며 시라고 해서 다르지 않을 것이다. 그것은 "바람으로 가락을 빚어내는" 일처럼 무에서 유를 창조하는 일이고, 그게 하늘에 사무치는 주문이라면 굳이 그림일 필요는 없을 것이다. 무엇보다 시 쓰는 일에는 돈이 들지 않았다. 시를 쓰자! 피리 연주자가 피리소리로 하늘에 사무치고자 한다면 이제 시로써 나는 하늘에 사무치겠다. 시에 빠져들면서 그림을 잠시 유보할 수 있었다.

오직 입시교육에만 몰입했던 학교에서 문예부에 들어서 선생님의 지도를 받은 적도 없었다. 쟁쟁한 선배들이 있어서 힘이 되었던 것도 아니다. 이 한 편의 시가 내 안의 그 어떤 새싹에 젖을 물린 것이다. 그림에 두었던 뜻을 접고 지향점을 잃고 있던 나에게 이 시는 둔중한 충격음으로 내 가슴을 울리며 내 삶의 지침을 돌려놓았다. 어렴풋하지만 시인의 꿈을 처음 꾸게 한 사건으로 기억한다.

짐승이 태어날 때 가장 먼저 마주친 것을 어버이로 여긴다는 각인설이 있듯이 이 시는 나에게 '시'를 각인시켜 주지 않았나 싶다.

이 시는 내가 쓰는 시가 어떤 것이어야 할지를 가늠하게 해주었다. "하늘에 사무치는 주문"이고 보면 그것은 곧 기도다. 기도가 거짓이어서는 아니 될 일이다. 하늘에게 거짓이기 이전에 자신에게, 인간에게 거짓이어서는 아니 될 일이었다. 진솔하고 진실하며 절실하고 간절하며 절박한 그 어떤 것이어야 하리라. 피리를 부는 그 사람의 피리소리가 "하늘에 사무치는 주문"이라 했지만 다른 예술이라 해서 다르랴. 그게 그림이 되었건 시가 되었건 음악이 되었건 춤이 되었건 그것이 예술인 한에 있어서 지녀야 할 본질적인 부분일 거라고 생각했다. 진정성과 자기 구원에 대하여 말하고 있는 것이다. 누군가 시(詩)자를 파자하여 언(言)과 사(寺)의 결합으로 설명한 걸 기억한다. '말씀의 사원'이라는 것이다. 사원에서 신을 만날 때 어느 누가 거짓으로 뉘우치고 다짐하고 기도하겠는가? 사무치지도 않은, 절실하지도 않은 마음으로 신 앞에 손을 모으겠는가?

이 시는 또한 나에게 '시는 무엇인가, 왜 쓰는가?'라는 질문에 대한 한 답을 보여준 것 같다. 이 시에서 피리 연주자가 궁극으로 꿈꾸는 것은 "죄 없이 웃는 영혼"이다. '시가 무엇인가, 시를 왜 쓰는가?'에 대한 답은 수없이 많을 것이나, 혼돈과 미혹 속에서 헤매는 젊은 날 내가 시를 쓰는 일로 나를 지탱하고 길을 찾아 더듬거리며 나아갔던 걸로 보면 내게 있어 시는 일종의 자기구원의 한 도구였는지도 모른다. 어딘가에 있을 온전한 나를 찾아 가장 아름다운 빛깔과 향기로 꽃 피워내는 그 작업이 시로 여겨졌던 것이다.

우리는 묘비명(墓碑銘)을 뭐라고 쓸까?

— 함형수의 「해바라기의 비명」

서홍관*

그때는 고등학교 시절이었고, 나는 몹시 외로웠다. 전주역에서 여수로 내려가는 전라선 완행열차의 기적 소리가 밤하늘을 가르면, 나의 영혼도 흔들렸다. 기차를 타고 미지의 세계로 가고 싶었고, 오대양 육대주를 배를 타고 돌아다니고 싶었고, 얼굴도 모르는 소녀와 대화를 나누는 상상을 했지만, 현실은 책상에 앉아 영어 단어를 암기해야 했고, 안 풀리는 수학 문제를 풀어야 했다. 답답할 때마다 책상 서랍에 넣어 놓은 유치환과 서정주와 한용운 시들이 나의 지친 영혼을 위로해주었다.

> 뉘라 알랴!
> 하마도 터지려는 통곡을 못내 견디고
> 내 여기 한 개 돌로

* 1985년 『창작과비평』을 통해 시인으로 등단했다. 시집 『어여쁜 꽃씨 하나』『지금은 깊은 밤인가』『어머니 알통』『우산이 없어도 좋았다』, 산문집 『이 세상에 의사로 태어나』, 옮긴 책 『히포크라테스』『미래의 의사에게』 등을 펴냈다.

적적히 눈 감고 가부좌하였노니.

유치환, 「석굴암대불」 부분

유치환의 시에서는 우주와 대결하는 듯한 비장한 아름다움이 느껴졌다. 서정주의 시들은 전혀 다른 분위기를 간직하고 있었는데, 유장하고 나직한 목소리가 예민해진 나를 달래주었다.

바보야 하이얀 민들레가 피었다.
네 눈썹을 적시우는 문둥병의 하늘 밑에
히히 바보야, 히히 우습다.

서정주, 「민들레꽃」 부분

나도 중간고사고 뭐고 다 때려 치고, 문둥이가 되고 바보가 되어 보리밭을 마구 달리고 싶었다.

누님, 눈물겨웁습니다.
이, 우물 물같이 고이는 푸름 속에
다수굿이 젖어있는 붉고 흰 목화(木花) 꽃은
누님, 누님이 피우셨지요?

서정주, 「목화」 부분

입시 실패의 두려움 속에서 나를 몰아붙이며 낑낑대었지만 막상 대학입시를 보는 날은 편안했다. 1977년 대학에 들어가니 인생이 끝난 게 아니고, 새로운 인생이 기다리고 있었다. 대학 입시

에서 벗어난 해방감은 잠시였고, 유신 말기의 억압 속에서 나는 목
표와 지향점을 상실했다. 세찬 바람 부는 언덕에 서 있는데 어디로
가야 할지를 몰랐다. 그때 『대학작문(大學作文)』 책에 함형수(咸亨
洙)라는, 이름도 들어보지 못한 시인의 시가 적혀 있었다.

> 나의 무덤 앞에는 그 차가운 빗(碑)돌을 세우지 말라.
> 나의 무덤 주위에는 그 노오란 해바라기를 심어 달라.
> 그리고 해바라기의 긴 줄거리 사이로 끝없는 보리밭을 보여 달라.
> 노오란 해바라기는 늘 태양같이 태양같이 하던 화려한 나의 사
> 랑이라고 생각하라.
> 푸른 보리밭 사이로 하늘을 쏘는 노고지리가 있거든 아직도 날
> 아오르는 나의 꿈이라고 생각하라.
>
> 함형수, 「해바라기의 비명(碑銘)」

'비명(碑銘)'이라는 것은 한 사람의 인생을 요약해서 새겨놓은 글
을 말한다. 그런데 이 시인은 자기 무덤 앞에는 차가운 빗돌을 세
우지 말라고 한다. 자기 인생은 차가운 빗돌로 설명되지 않는다는
것이다. 그 대신 시인은 노오란 해바라기를 심어달라고 하고, 끝없
는 보리밭을 보여 달라고 한다. 그리고 푸른 보리밭 사이에는 날아
오르는 노고지리가 있어야 한다. 해바라기는 늘 태양같이 하던 시
인의 화려한 사랑을 말해주는 것이고, 푸른 보리밭 사이로 날아오
르는 노고지리는 아직도 날아오르는 시인의 꿈을 상징한다.

나는 이 짧은 시를 곧바로 외우고 다녔다. 나도 내 인생이 화려
한 사랑과 날아오르는 꿈으로 요약되기를 희망했던 것일까? 미팅

에 나가면 여학생에게 이 시를 읊어주기도 했다. 당시 여학생에게 보낸 편지가 송두리째 반송되기도 한 것을 보면, 나의 연애전략은 성공적이지 못했던 것 같다.

그런데 함형수라는 시인은 대체 누구일까? 그는 1916년 함북 경성에서 태어났다. 중앙불교전문학교에 입학했으나 1936년 가난 때문에 다니지 못하고, 그해 11월 서정주와 함께 「시인부락(詩人部落)」 동인이 되어 「해바라기의 비명」을 발표했다. 그는 이후 노동자 숙박소 등을 전전하다가 만주로 건너가 초등학교 교사가 된다. 당시 서정주도 만주로 건너가서 함형수와 우정을 나누었다고 하는데, 함형수는 만주에 순회공연차 온 여배우와 동거생활을 하였으나 그녀가 젊은 남자와 도망쳐버리자 비탄에 빠져 폐인처럼 살고 있었다고 한다.

해방 후 북한으로 들어갔다가 정신 이상이 생겨 1946년 북에서 사망했다고 하니 편안치 않은 삶이었던 셈이다. 그는 단독으로 시집 한권 내보지 못했다. 시가 몇 편 되지 않기도 하려니와 「해바라기의 비명」 말고는 시의 수준도 떨어지기 때문이다. 그러나 해바라기의 비명 하나로 나에게는 영원한 시인으로 남아 있다.

벗들이여! 나의 무덤 주위에는 노오란 해바라기를 심어주고, 무덤 앞에는 푸른 보리밭을 심어주게나. 노고지리야 없다 한들 무슨 상관이 있겠는가.

서럽고 뜨겁던 청춘의 강물
—박재삼의 「울음이 타는 강」

김판용*

초등학교 입학 전까지 우리 집에는 책이 한 권도 없었다. 동네에서도 한약방을 했던 약방 할아버지 댁의 의서(醫書)를 제외하고는 책 구경을 하지 못했던 것 같다. 교육열이 남달랐던 아버지 덕에 입학 전 한글을 깨치긴 했으나 정작 책은 없었다. 오로지 교과서만 봐야했던 초등학교 2학년 때로 기억한다. 우연히 작은 할아버지 댁 측간에서 마구 찢긴 책 한 권을 발견했다. 고모가 서울에서 가져온 것 같은데 불행히도 용도는 화장지였다.

황급히 일을 보고는 그 책을 옷 속에 숨겨 집으로 왔다. 그리고 남아있는 페이지의 글들을 읽고 또 읽었다. 너덜너덜한 그 책은 읽기의 갈증을 풀어준 오아시스였다. 짧은 행으로 이어진 글들이 시라는 것도, 그 책의 저자가 김소월이라는 것도 나중에야 알았다. 「산유화」, 「진달래꽃」 등 그때 달달 외워두었던 시들을 중고등학교 때 만나니 너무나 반가웠다. 정말 뭐가 뭔지도 모르고 나는 그렇게

* 1991년 『한길문학』에 작품을 발표하며 시인이 되었다. 저서 『그대들 사는 세상』 『교실 속의 우리 문학』 『모악산』 등을 펴냈다.

시와 만났다.

시를 끄적이며 지내던 고등학교 2학년 때 고영규 선생님께서 부임해 오셨다. 선생님은 나의 문학회 활동을 응원해주시고 시를 지도해주시기도 하셨다. 당시 학교 옆에 아동문학가 이준연 선생이 계셨는데, 열심히 시화전을 준비할 무렵 격려차 오셔서 고영규 선생님의 시인 등단 소식을 전해주셨다. 그토록 갈망했던 시인을 바로 곁에서 그렇게 만났다. 어느 오후 국어 시간이었다. 선생님께서 시집을 들고 교단에 오르셨다. 그리고는 칠판에 '박재삼'이라고 크게 쓰시고는 저자에 대해 소개를 하셨다. 시인이 시인을 소개하는 것이니 얼마나 벅찬 수업인가? 한 마디도 놓치지 않고 모두 받아 적었다. 잠시 후 목을 가다듬으시고는 시를 한 편 낭송해주셨다. 그 시가 「울음이 타는 강」이다.

마음도 한자리 못 앉아 있는 마음일 때,
친구의 서러운 사랑 이야기를
가을 햇볕으로나 동무삼아 따라가면,
어느새 등성이에 이르러 눈물나고나.
제삿날 큰집에 모이는 불빛도 불빛이지만
해질녘 울음이 타는 가을 강을 보것네.
저것 봐, 저것 봐,
네보담도 내보담도
그 기쁜 첫사랑 산골 물소리가 사라지고
그 다음 사랑 끝에 생긴 울음까지 녹아나고
이제는 미칠 일 하나로 바다에 다 와 가는

소리 죽은 가을 강을 처음 보것네

박재삼, 「울음이 타는 강(江)」

'울음이 탄다'니 도대체 이게 무슨 말인가? 관념적 언어에 갇혀 있던 문학 소년에게 액체인 울음이 탄다는 공감각적 제목 자체가 일단 충격으로 다가왔다. 그 기쁘다는 "첫사랑"도 못해본 나이에 벌써 "산골 물소리가 사라"졌다는데도, 그리고 그 사랑 끝에 "울음 까지 녹아" "바다에 다 와"간다고 해도 그냥 그 시가 좋았다.

수업이 끝나고 바로 선생님께 찾아가 시집을 하루만 빌려달라고 부탁했다. 선생님께서도 다 읽지 않으신 듯했는데 고맙게도 선뜻 하루만이라며 넘겨주셨다. 그날 밤을 새워 그 시집을 노트에 옮겨 적었다. 시를 필사하는 것처럼 좋은 공부가 없다는 것도 나중에야 알았다. 그 시집은 훌륭한 교과서였다.

솔직히 「울음이 타는 강」이라는 시를 이해해서 매료된 건 아니었다. 좋은 시는 단 몇 구절만으로도 사람의 영혼을 울린다. 감상적인 그 시절 "친구의 서러운 사랑 이야기"나 "제삿날의 불빛"은 그대로 깊숙이 적시며 꽂혔다. 살면서 문득 다가오는 것들이 있다. 소리 죽은 가을 강을 처음 봤다는 것도 그렇다.

그 수업이 끝나고 하교 길에 열심히 자전거 페달 밟았다. 해리천이 바다와 만나는 동호의 붉은 놀을 보기 위해서였다. 그날의 강렬한 낙조, 그리고 머릿속을 맴도는 '울음이 타는 강' 그것만으로도 황홀했다. 그 후 시(詩), 그 목매달아 죽어도 좋을 나무를 향해 얼마나 서럽고 뜨겁게 청춘을 불태웠던가?

그 시로 황홀한 고통을 안겨주셨던 고영규 국어 선생님은 이미

고인이 되셨다. 암 투병 중 어쩔 수 없이 퇴직을 하시던 날, 선생님의 부탁으로 축하가 민망한 축시를 써 낭송했다. 그리고는 앙상히 뼈만 남은 선생님을 안고 엉엉 울었다. 그날에야 비로소 이 시가 온몸으로 다가왔던 것 같다. 선생님의 영전에 삼가 「울음이 타는 강」을 낭송해드리고 싶다.

한(恨)의 빛깔

—박재삼의 「한」

오창렬*

감나무쯤 되랴,

서러운 노을빛으로 익어가는

내 마음 사랑의 열매가 달린 나무는!

이것이 제대로 뻗을 데는 저승밖에 없는 것 같고

그것도 내 생각하던 사람의 등 뒤로 뻗어가서

그 사람의 머리 위에서나 마지막으로 휘드려질까본데,

그러나 그 사람이

그 사람의 안마당에 심고 싶던

느껴운 열매가 되는지 몰라!

새로 말하면 그 열매 빛깔이

전생(前生)의 내 전(全)설움이요 전(全)소망인 것을

---

* 1999년 계간 『시안』 신인상에 당선되어 등단했다. 시집 『서로 따뜻하다』 『꽃은 자길 봐 주는 사람의 눈 속에서만 핀다』를 펴냈으며 짚신문학상, 불꽃문학상을 수상했다.

알아내기는 알아낼는지 몰라!
아니, 그 사람도 이 세상을
설움으로 살았던지 어쨌던지
그것을 몰라, 그것을 몰라!

박재삼, 「한(恨)」

이만하면 시가 충분하지 않으랴? 이 시의 시안(詩眼)은 감나무인데, '恨'의 빛깔을 익어가는 그 감빛에 빗댄 시인의 감각은 짜릿하기까지 하다. 이것만으로도 이 시는 우리 현대시로 차린 밥상에서 주찬이 될 만하다. 백보 양보한다 해도, 별미가 되기에 충분하다. 한국시의 수많은 걸작 중에서 얼른 박재삼의 「한」을 골라 놓고, 내가 고개를 끄덕인 것은 이런 까닭이다. 적어도 '시 하면 떠오르는 작품'에 대한 이 대답은 내게 진실하다.

등단 전부터 나는 박재삼 시에 뭉클해 있었다. 그의 시편 올올이 배여 있는 설움과 순하디 순한 숨결에 서럽도록 친근감을 느끼고 있었다. 그 친근감은 "서러운 일을 / 뼈에 차도록 / 당하고 살"(「小曲」)아가는 그의 시적 화자가 내 이웃들과 닮아있었기 때문인지도 몰랐다. 분노도 투정도 모르는 그가 토로하는 설움이, 우리의 전통적인 '恨' 그것이었기 때문인지도 몰랐다. 저 고조선의 「공무도하가」 이래 고려가요 「가시리」―황진이―김소월―서정주를 잇는 한국적 서정이 박재삼 시에서는 유독 섬세하고도 애련한 가락에 얹혀 있었다. 「한」은 박재삼의 대표작 중의 하나이다.

잠시 시인과 시적 화자를 동일시하고 보면, 박재삼 시인은 평생 가난과 병마에 시달려 고달픈 삶을 살았다. "장사 끝에 남은 고기 몇 마리의 / 빛 발(發)하는 눈깔들이 속절없이 / 은전(銀錢)만큼 손 안 닿는"(「追憶에서 67」) 어머니의 한과 "어물도부(魚物到付)로 / 북향 십 리 밖 용치리(龍峙里)에 가"(「追憶에서 68」)야만 하는 아버지의 노고에도 "먼 나라로 가서는 허기(虛飢)져 / 콧노래나 부를까나."(「小曲」)라는 희망 없는 소망으로 한탄할 수밖에 없을 만큼 시인은 가난했다. 거기에 "지칠 만큼 오래 깃"(「古木에 鳶 우는 소리」)든 그의 병은 한두 가지로 특정되지 않을 정도였다. "내 몸에 온 고혈압(高血壓)과 위궤양(胃潰瘍)"(「病中有感」), "내 헐어진 뇌혈관(腦血管)"(「배꽃 먼저 피워놓고」), "그것이 마목(痲木)이 되어"(「먼 산 이마를 보며」) 등만 봐도 종합병원이었던 그에게 정상적인 일상은 불가능했을 것이다. 이 가난과 지병만으로도 그의 삶은 철철철 한스러웠을 것이지만, 박재삼 '恨'의 근원은 육신의 고달픔보다 사랑에 있다.

「한」을 보자. 1연에서 화자는 "내 마음 사랑의 열매가 달린 나무"를 "서러운 노을빛으로 익어가는" 감나무로 상정한다. '노을빛'은 '열매'와 함께 저물녘 또는 성숙과 결실의 이미지를 환기하는 바, 생의 저물녘에 자신의 사랑이 이승에서 결실을 보지 못했다는 것을 자각하는 화자는 '서러운'이라는 시어를 통해 한의 빛깔을 드러낸다. 이 '恨'은 1행의 감탄형어미 '~랴'와 함께 3행의 느낌표를 통해 고백적 어조를 띠고 청자/독자의 마음에 꽂혀 든다. 화자의 말투에 마음을 연 사람이라면 이쯤에서 그의 설움에 감전되고 만다. 그러나 화자는 성숙도 결실도 없이 종말에 이른 자신의 사랑 앞에서 체념하거나 절망하지 않는다. 화자는 감나무라는 상징적 매개를 통해 이승의 사랑을 저승까지 이어 '그 사람'의 곁으로 가려는 의지를 드러낸다.

2연에서는 주로 사랑하는 '그 사람'에게 다가가는 화자의 모습과 자세가 형상화되어 있다. 죽음 이후까지 잊지 못할 지독하고도 절절한 사랑을, 그러나 화자는 정면에서 고백하지 못하고 "등 뒤로 뻗어가서 / 그 사람의 머리 위에서나 마지막으로 휘드려"지려 한다. 이 비밀은 "내 생각하던 사람"에 있다. 화자의 사랑은 짝사랑이었던 것이다. "만산(滿山)의 진달래 꽃빛보다 붉은 그것이 내 가슴을 넘쳐 / 그대 쪽을 향해 / 흘러가고 있건만 / 그러나 그대에게 / 미처 다 가기 전에 원통하게도/그것은 줄기가 끊어지고 있었다."(「두 짐」)와 "나는 그대에게 / 가슴 뿌듯하게 사랑을 못 쏟고 / 그저 심약한, 부끄러운, / 먼 빛으로만 그리워하는, 그 짓만 되풀이하고 있습니다. / 이것은 죽을 때까지 / 가리라고 봅니다."(「아름다운 천」)는 박재삼 시의 화자가 평생 짝사랑을 가꿔온 사람임을 알게 한다.

화자의 사랑이 "제대로 뻗을 데는 저승밖에 없는" 까닭은 평생 짝사랑했던 '그 사람'이 이승에 존재하지 않은 때문일 것이다. 평생 짝사랑하던 이를 저승까지 따라가서 하는 사랑의 고백이 대상의 "등 뒤로 뻗어가"고 "머리 위에서나" 휘드려지도록 조심스러운 것은 불쑥 고백의 말을 던져 '그 사람'이 놀라게 함으로써 자칫 그 사랑이 다치지 않기를 바라는 간절함에서 비롯한다. 그러나 이 역시 시인의 성정과 깊은 관계가 있다. 박재삼의 인간됨은 "아기가 자는 옆에서 / 인생이 닳아버린 내 숨소리가 커서 / 하마하마 깨울까 남몰래 두려"(「그 기러기 마음을 나는 안다」)워 하는 데에서 잘 나타나 있다. '등 뒤'와 '머리 위에서나'는 이토록 섬세하고 착한 화자의 사랑하는 대상에 대한 배려에서 비롯되었을 것이다.

조심스러운 고백의 자세에 비해 사랑을 완성하고 싶은 화자의 소망은 매우 극진한데, 그것은 3연에서 "~몰라!"의 느낌표에 함축된 안타까운 소망과 소망에 대한 안타까운 '恨'의 반복 과정에서 잘 드러난다. 사랑하는 사람이 "안마당에 심고 싶던 / 느껴운 열매가" 된다는 것은 사랑하는 사람의 주인이 된다는 것이고, '그 사람'이 감나무의 열매 빛깔에서 "전생(前生)의 내 전(全)설움이요 전(全)소 망인 것을 / 알아"낸다는 것은 전생부터 이어진 내 사랑의 진실을 고스란히 인정받는다는 것이다. 더욱이 마지막 3행에서 화자의 소망은 죽기 전의 '그 사람'도 자신을 사랑했었다는 사실을 확인하고 싶다는 것으로 확대된다. '그 사람'에 대한 사랑으로 내가 평생 설움을 살았듯 나에 대한 사랑으로 '그 사람' 역시 설움의 삶을 살았다는 것을 확인하는 것은 얼마나 아름답고 슬픈 일인가. 이 지점에서 이승에서 저승까지 이어지는 이 사랑은 생과 생을 잇는 한의 연대로 확대된다. 한이 연대하는 이 자리는 두 사람의 눈물겨운 사랑이 완성되는 자리일 것이다.

「한」은 전통적 주제인 이별의 정한과 승화된 체념을 노래하고 있다. 그러나 「한」에서는 이승과 저승을 넘나드는 사랑의 교감을 통해 한을 풀어가는 전통 서정시의 새로운 가능성을 보여준다. 박재삼 만큼 슬픔을 표현하는 데 능숙했던 시인이 있었을까? 또한 박재삼의 시만큼 슬픔이 아름답다는 것을 알게 해주는 시가 어디 있었을까?

순결한 가래

—김수영의 「눈」

정호승*

눈은 살아 있다

떨어진 눈은 살아 있다

마당 위에 떨어진 눈은 살아 있다

기침을 하자

젊은 시인이여 기침을 하자

눈 위에 대고 기침을 하자

눈더러 보라고 마음놓고 마음놓고

기침을 하자

눈은 살아 있다

---

* 1972년 「한국일보」 신춘문예에 동시, 1973년 「대한일보」 신춘문예에 시, 1982년 「조선일보」 신춘문예에 단편소설이 당선되었다. 시집 『슬픔이 기쁨에게』 『서울의 예수』 『새벽편지』 『별들은 따뜻하다』 『사랑하다가 죽어버려라』 『외로우니까 사람이다』 『눈물이 나면 기차를 타라』 『이 짧은 시간 동안』 『포옹』 『밥값』 『여행』 『나는 희망을 거절한다』 『당신을 찾아서』 외 시선집, 동시집, 어른을 위한 동화집, 산문집을 여러 권 펴냈다. 소월시문학상, 정지용문학상, 편운문학상, 가톨릭문학상, 상화시인상, 공초문학상, 김우종문학상, 하동문학상 등을 수상했다.

죽음을 잊어버린 영혼과 육체를 위하여
눈은 새벽이 지나도록 살아 있다

기침을 하자
젊은 시인이여 기침을 하자
눈을 바라보며
밤새도록 고인 가슴의 가래라도
마음껏 뱉자

김수영, 「눈」

나는 20대를 1970년대 유신시대와 함께 보냈다. 김지하 시인을 비롯해서 많은 이들이 유신에 저항하다가 긴급조치 위반 혐의로 견디기 힘든 고통을 받았다.

그 무렵 1973년 「대한일보」 신춘문예에 시가 당선됨으로써 문단에 나왔던 나는 불행의 시대를 사는 한 젊은 시인으로서 어떻게 살아야 올바로 사는 것일까 하는 고민이 해가 거듭될수록 깊어갔다. 그때 내 영혼을 흔드는 한 시인의 시를 만나게 되었다. 바로 참여시의 기수 김수영 시인이었고, 그의 시 「눈」이었다.

나는 이 시를 읽고 가슴에 켜켜이 쌓인 시대의 불의에 대한 분노와 울분이 시원하게 폭발되는 느낌을 받았다. 곪아가던 유신시대의 모든 상처를 치유 받은 느낌이었다. 그리고 한 시대의 청년시인으로서 어떻게 살아야 하고 무엇을 해야 하는지 분명한 가르침을 받았다. 그것은 현실을 직시하고 시대의 고통을 외면하지 않는 시를 열심히 쓰는 일이었다. 『슬픔이 기쁨에게』 『서울의 예수』 등의 내 초기 시는 그러한 가르침이 바탕이 되었다.

　가래는 더러움의 상징이지만 이 시에서는 깨끗함과 순결함의 상징이다. 나는 이 시를 통해 정의를 향한 순수한 열정을 가슴에 담아두지 말고 어떠한 형태로든 현실 밖으로 드러내어야 한다고 생각했다. 어느 시대를 사는 청년이든 그 시대 나름의 절망과 분노에서 오는 고통을 견딜 수 없을 때가 있다. 그럴 때는 이 시에서처럼 시대의 하얀 눈밭에 진실과 정의와 자유라는 순결의 가래를 마음껏 뱉아야 한다.

기적소리가 과연 슬프다 하더라도
―김수영의 「봄밤」

송선미*

애타도록 마음에 서둘지 말라

강물 위에 떨어진 불빛처럼

혁혁한 업적을 바라지 말라

개가 울고 종이 들리고 달이 떠도

너는 조금도 당황하지 말라

술에서 깨어난 무거운 몸이여

오오 봄이여

한없이 풀어지는 피곤한 마음에도

너는 결코 서둘지 말라

너의 꿈이 달의 행로와 비슷한 회전을 하더라도

개가 울고 종이 들리고

기적소리가 과연 슬프다 하더라도

너는 결코 서둘지 말라

---

* 2011년 『동시마중』 제6호로 작품 활동을 시작했다. 동시집 『옷장 위 배낭을 꺼낼 만큼 키가 크면』을 펴냈다.

서둘지 말라 나의 빛이여

오오 인생이여

재앙과 불행과 격투와 청춘과 천만 인의 생활과

그러한 모든 것이 보이는 밤

눈을 뜨지 않은 땅속의 벌레같이

아둔하고 가난한 마음은 서둘지 말라

애타도록 마음에 서둘지 말라

절제여

나의 귀여운 아들이여

오오 나의 영감(靈感)이여

김수영, 「봄밤」

　　우리에게 김수영은 4.19의 시인이자 1950년대 모더니즘을 대표하는 시인으로 알려져 있다. 독재에 맞서 자유와 민주주의를 갈망하며 "푸른 하늘을 제압하는 / 노고지리가 자유로웠다고 / 부러워하던 / 어느 시인의 말은 수정되어야 한다 // (……) // 어째서 자유에는 / 피의 냄새가 섞여 있는가를 // 왜 혁명은 고독해야 하는 것인가를(「푸른 하늘을」)"이라 뜨겁게 노래하였던 시인으로, 우리와 제 안의 소시민적 근성과 안주를 타협 없이 똑바로 응시하며 "동무여 이제 나는 바로 보마 / 사물과 사물의 생리와 / 사물의 수량과 한도와 / 사물의 우매와 사물의 명석을 // 그리고 나는 죽을 것이다(「공자의 생활난」)"라고 매섭게 일갈하였던 시인으로 말이다. 그러나 「봄밤」은 우리가 알고 있는 김수영과는 사뭇 결이 다르다. 그의 여타 작품들과 달리 비교적 이해하기 쉬울 뿐만 아니라, 부정과 질곡의 현실을 향해 질타하는 대신 내면을 다독이고 있기 때문이다. "기적소리가 과연 슬프다 하더라도"나 "애타도록 마음에 서둘지 말라"는 구절은 생의 본질과 자기 윤리의 자세를 오래토록 생각하게 만드는 명문으로 좀처럼 잊히지 않는다.

「봄밤」은 1921년 생 김수영이 아직 4.19를 경험하기 전, 그가 서른일곱이었던 1957년에 발표한 작품이다. 어느 봄밤 화자는 술에서 깨어나 숙취의 시간을 맞는다. "개가 울고 종이 들리고 달이 뜨"고, "너의 꿈이 달의 행로와 비슷한 회전을 하"고 있는 이 시간을 시인은 "기적소리가 과연 슬프다"라고 적는다. "과연"의 슬픔은 반복적 경험으로 확인하여 알게 된 오늘의 탄식이며 속으로 흐리는 눈물이다. "너의 꿈"이 "혁혁한 업적" 없이, 개선의 여지없이, 지겹도록 반복되는 일상으로 오늘도 계속되고 있기에, 이제 지쳐 더 이상 빰 위로는 흐를 수 없는 눈물이기 때문이다.

여전히 반복되는 무력의 시간, 그러나 화자는 놀랍게도 "애타도록 마음에 서둘지 말라" "너는 결코 서둘지 말라" "아둔하고 가난한 마음은 서둘지 말라"고, "서둘지 말라"고 자신을 다독인다. 어떻게 그럴 수 있는가. 그에게는 "나의 빛"이며 "귀여운 아들"인 "영감(靈感)"에 대한 믿음이 있기 때문이다. "재앙과 불행과 격투와 청중과 천만 인의 생활과 / 그러한 모든 것이 보이는 밤"의 생(生)에도, "영감"은 (어딘가) 있다. 화자가 쓰고 있는 자, 쓰기를 멈추지 않으려는 자, 쓰기 위해 영감을 기다리고 있는 자, 영감을 온몸으로 부르며 쓰고 있는 자이기 때문에 가능한 믿음이다.

그러나 "구원은 예기치 않은 순간에 오고 / 절망은 끝까지 그 자신을 반성하지 않는다(「절망」 부분)". 영감이 그러하듯, 구원은 일정한 시간이 지나면 도착하게 되는 미래의 시간으로 오지 않는다. 영감과 구원은 어둠 속이라서 잠깐 볼 수 있는 찰나의 "빛"이자, 왔다가는 바로 사라지는 순간의 빛으로 현현할 뿐이다. 그러하므로 "서둘지 말라" "서둘지 말라". 그래서 "영감"은 "절제"가 된다("절제여 / 나의 귀여운 아들이여/ 오오 나의 영감이여"). "절제"는 서둘지 않아야 언제까지고 다시 일어나 영감과 구원의 순간을 기다릴 있다는 희망하는 자의 태도다. 어제 안 되었으나 오늘도 안 될 것이고, 언젠가 되었더라도 다시 오늘 안 될 것이니, 그러하므로 언제까지고 미끄러질 것이니, 황금빛 내일을 삭제하여 절망의 오늘을 일으키려는 자기 윤리의 자세다.

생에 대한 나의 오독과 실수와 실패는 계속될 것이고, 이제 하도 반복되어 노곤해진 슬픔은 매일 오는 아침처럼 또 다시 나를 찾아올 것이므로, 나는 나에게 김수영의 「봄밤」을 건넨다. 또한 나와 함께 오독과 실수와 실패와 좌절의 순간을 사는 모두에게 「봄밤」을 건넨다. 절망의 아침, 김수영과 「봄밤」이 있어 우리는 "기적소리가 과연 슬프다 하더라도", "애타도록 마음에 서둘지 말라" "너는 결코 서둘지 말라" "아둔하고 가난한 마음은 서둘지 말라/ 애타도록 마음에 서둘지 말라"라는 주문과도 같은 문장을 지닐 수 있게 되었다. 온몸으로 자신의 생을 밀고 나간 김수영과 「봄밤」이 있었기에, 우리는 영감의 빛으로 오는 구원에 희망을 걸어볼 수 있게 되었다. 이제 우리는 그의 문장에 기대어 그의 구원 옆에 '나'의 몸이 '나의 온몸'으로 밀고 나가 내가 만난 '나의 희망'을 1/n개의 구원으로 더할 수 있게 될지도 모른다.

시간의 문을 열고
— 백석현의 「청개구리」

어린 시절을 돌아보면 '동심'과 상관없이, 아니 그것에서 뚝 떨어진 다른 세상에서 살았던 것 같은 일이 적지 않다. 이런저런 못된 짓, 어떻게 그럴 수 있었을까 싶은 일, 참 많이 하며 자랐다. 왜 그랬을까. 그러지 않았다면 좋았을 것. 그중에는 생명을 아무렇지 않게 상하게 한 일, 개구리며 새를 여러 번 해친 일도 있다. 나만 그런 게 아니고 옛날 아이들 다 그러며 자랐는데 뭘 그리 예민하게 구느냐 해도, 세상에는 그렇지 않은 아이도 있었으니까. 아니, 함께 어울린 아이들이 다 그랬다 해도 그래선 안 되는 일이었다.

류선열 동시집 『잠자리 시집보내기』에는 그 시절 아이들의 '생활', 또는 '놀이'를 보고하는 작품이 몇 편 들어 있다. 전래동요에 산문 형식을 결합한 매우 독특한 양식을 보여 주는 작품들인데, 가령 이런 내용이다. 아이들은 잠자리를 잡아 "꽁무니에 밀짚을 매달아" 한 마리씩 날려 보낸다. 잠자리를 유인하며 부르는 노래는 이

---

* 1999년 『실천문학』 시부문 신인상으로 등단했다. 시집 『목마른 우물의 날들』 『치워라, 꽃!』, 동시집 『고양이와 통한 날』 『고양이의 탄생』 『글자동물원』 『오리 돌멩이 오리』, 평론집 『다 같이 돌자 동시 한 바퀴』를 펴냈다.

렇다. "파리 동동 / 잠자리 동동 / 잠자라 잠자라 / 여기여기 앉아라. / 멀리멀리 가아면 / 똥물 먹고 죽는다." 잠자리를 잡은 다음엔 누구 잠자리가 더 멀리 날아가는지 시합을 했다.(「잠자리 시집보내기」) 내 경험으론 꽁무니에 밀짚을 매다는 정도가 아니었다. 꼬리 부분을 끊어 내면 구멍이 생긴다. 여기에 바랭이 꽃대같이 매끈한 것을 끼워 날려 보냈다. 자기 몸무게쯤 되는 꽃대를 달고 비틀비틀 날아올라 지붕 너머로 무겁게 가라앉던 잠자리의 모습이 오늘 일처럼 생생하다.

지루한 장마가 그치고 "모처럼 하늘이 파랗게 비치는 날" 아이들은 개울가에 모여 놀았다. 사납게 흘러가는 "황톳빛 개울물에 방울낚시 던져 놓고" 물고기 입질이 오기를 기다리며 개구리 장사를 지낸다. 부르는 노래가 가관이다. "개굴아 개굴아 / 늬 아부지 죽었다. / 부뚜막에 앉아서 / 밥투정하다 죽었다. // 개굴아 개굴아 / 늬 아부지 죽었다. / 술독 위에 앉아서 / 술타령하다 죽었다." 문제는 이 노래를 들으며 개구리들이 당하는 참사다. 아이들은 개구리 몇 마리를 잡아 "똥구멍에 바람을 넣어서" "두 눈이 꽈리처럼 불거지고 배때기가 한껏 부푼 개구리 상주들"에게 "꺼이꺼이" 곡을 시킨다.(「개구리 장사 지내기」)

류선열의 작품이 직접적으로 독자의 반성을 촉구하는 건 아니다. 까맣게 잊고 지냈던 어린 시절의 한 장면을 인상적으로 재구성해 독자 앞에 놓아줄 뿐이다. 그래서 어린 시절과 어른이 된 나 사이에 객관적 거리가 확보되고, 그 거리를 통해 어린 시절의 내 행동을 바라보게 한다. 독특하게 설치해 놓은 '시간의 문'이다.

이오덕이 엮은 『일하는 아이들』에서 나보다 대여섯 살 위인 옛

날 어린이가 쓴 시 한 편을 만났을 때의 충격은 너무나 강렬했다. 1969년 5월 3일, 안동 대곡분교 3학년 어린이 백석현은 「청개구리」란 시를 쓴다.

> 청개구리가 나무에 앉아서 운다.
> 내가 큰 돌로 나무를 때리니
> 뒷다리 두 개를 펴고 발발 떨었다.
> 얼마나 아파서 저럴까?
> 나는 죄 될까 봐 하늘 보고 절을 하였다.
>
> 백석현, 「청개구리」

읽는 순간 어디선가 '꽝!' 하는 굉음이 울리는 것 같았다. 석현이는 청개구리를 죽인 게 아니다. 기절시킨 것뿐이다. 그런데도 "죄 될까 봐" 두려워 절을 하였다니, 달라도 나와는 너무 달랐다. 「청개구리」는 다른 아이를 통해 나를 바라보게 하는 시간의 문이다.

굳게 봉인돼 있던 시간의 문을 열고 어린 시절의 나를 만나는 건 용기가 필요하다. 그리운 장면만큼이나 부끄러움과 죄책감을 동반하는 장면도 많기 때문이다. 그렇다고 얼른 문을 닫고 못 본 것으로 치부할 순 없다. 시간의 문 안에는 괜찮은 어른이 되어 자기를 구하러 오길 기다리는 어린 내가 살고 있으니까. 그 아이 하나하나를 데려와 지금의 내 안에서 다시 살게 해야 하니까.

내 영혼의 시인

—이산하의 「베로니카」

김완준*

　형을 처음 만난 건 1981년 봄이었다. 대구에서 고등학교를 다니던 나는 경희대학교 주최 고교생 백일장에 참가하기 위해 모처럼 서울에 왔다. 백일장이 끝나고 서울에 사는 고등학교 선배들을 만나 즐거운 시간을 보내다 대구행 막차를 놓치고 말았다.

　당시 경희대 4학년에 재학 중이던, 지금은 시인이자 소설가이자 평론가이면서 모 대학에 교수로 계시는 박모 선배가 내 잠자리를 책임지기로 했는데, 자신도 형님 집에 얹혀사는 처지인지라 자취를 하고 있던 부산 출신 1년 후배에게 나를 인계했다.

　졸지에 난생 처음 보는 까까머리 고등학생을 반 강제로 떠맡게 된 그 경희대 3학년생은 황송하게도 나를 카페로 데려가 맥주를 몇 병 사주더니 자신의 자취방으로 이끌었다. 엉겁결에 하룻밤 신세를 지게 된 그의 자취방은 사방 벽이 책으로 빼곡했다.

　이듬해 5월 이병천, 하재봉, 박덕규, 안재찬, 남진우 등이 멤버였

* 1986년 「매일신문」 신춘문예에 시가 당선되었고 2002년 계간 「문학인」에 소설을 발표했다. 공동시집 『안경 너머 지평선이 보인다』, 장편소설 『the 풀문 파티』, 소설집 『열대의 낙원』을 펴냈다.

던 「시운동」 동인 4집 출판기념회에 참석한 나는 그 책에 이릉이라는 필명으로 「존재의 놀이」 연작을 발표한 이상백 형이 1년 전에 하룻밤 신세를 졌던 자취방의 주인이라는 걸 알게 되었다.

그로부터 몇 년이 흐른 1987년의 어느 봄날, 『녹두서평』이라는 무크지를 보던 나는 깜짝 놀랐다. 그 책에는 제주 4.3항쟁을 장편 서사시로 담아낸 「한라산」이 실려 있었다. 그걸 읽고 불에 덴 듯한 감동을 느꼈다. 그리고 그 시를 쓴 이산하라는 인물이 왠지 내가 아는 사람일지도 모른다는 생각을 했다.

「한라산」의 감동을 누군가와 공유하고 싶었던 나는 전라도에서 중학교 국어교사를 하고 있던 안모 시인에게 전달하려고 복사를 해서 봉투에 넣고 주소까지 적은 다음 우체국으로 가는 지하철을 탔다. 그런데 아뿔싸, 그 봉투를 지하철 선반 위에 올려놓은 채 내려버리고 말았다. 그날 이후 나는 한동안 낯선 사내들에게 붙잡혀 어디론가 끌려가는 악몽에 시달려야 했다.

1982년 11월, 월북한 시인 오장환의 시집 『병든 서울』을 읽었다는 이유로 군산의 중학교와 고등학교 교사 몇이 경찰에 연행되었다. 그들은 가족과 변호사의 접근이 불허된 채 불법 감금당한 상태에서 모진 고문과 가혹행위에 시달린 끝에 국가보안법 위반으로 실형을 살았다. 시집 한 권이 어마어마한 용공사건으로 비화된 '오송회 사건'은 2007년 6월 12일, '진실 화해를 위한 과거사 정리 위원회'에 의해 군사정권이 국가보안법을 남용해서 조작한 사건으로 판정되었다. 이후 피해자들은 재심을 신청했고 2008년 11월 25일 광주고등법원에서 '무죄'를 선고받았다. 그러나 피해자 중 한 사람이었던 이광웅 시인은 고문 후유증에 시달리다 1992년에 세상을 떠난 뒤였다.

내가 이산하의 「한라산」 복사본을 전달하려고 했던 안모 시인은 이광웅 시인의 대학교 후배로, 오송회 사건으로 발칵 뒤집혔던 바로 그 지역에서 교사로 근무하고 있었다. 내가 「한라산」을 복사해서 넣은 봉투에는 받는 사람과 보내는 사람의 이름과 주소가 또렷하게 적혀 있었으니, 그게 만약 경찰의 손에 들어갔다면 제2의 오송회 사건으로 비화했을지도 몰랐다.

다행히 제2의 오송회 사건은 일어나지 않았지만, 「한라산」을 쓴 이산하 시인은 1987년 국가보안법 위반 혐의로 구속되어 옥고를 치러야 했다. 그 소식을 접하고 나서야 나는 이산하가 이름이고 이상백이라는 걸 알게 되었다.

옥살이를 마치고 난 뒤 재야단체와 인권단체에서 사회운동을 계속하던 형은 2003년 「한라산」을 완결해서 한 권의 시집으로 펴냈다. 그 무렵 같은 동네에 산다는 이유로 형을 자주 만나던 나는 형이 쓴 산사기행집 『적멸보궁 가는 길』의 한 대목을 보고 형을 부추겨서 『양철북』이라는 책을 쓰게 하고 내 손으로 편집을 해서 출간했다.

『양철북』은 내가 읽은 최고의 성장소설로 『어린왕자』나 『데미안』과 비교해도 손색이 없는 작품인데 기대만큼 많이 읽히지 않았다. 그때부터 나는 형을 볼 면목이 없어졌다. 그 뒤 내가 외국으로 떠돌고 거처마저 지방으로 옮긴 다음부터는 가끔 페이스북을 통해 서로의 안부를 확인하는 사이가 되었다.

그런데 요즘 형의 몸과 마음이 꽤 아픈 모양이다. 웬만해서는 엄살을 부리지 않는 형이 페이스북에 "40대 중반 서교동 골목길의 교통사고와 50대 초반 합정동 골목길의 백색테러로 죽음의 문턱까지 갔다가 반품된 후 모든 게 허망해지고 오랫동안 애써 부정하고 망각했던 고문의 악몽마저 되살아나 날마다 피가 하늘로 올라간다."라고 쓴 걸 보니 가슴이 먹먹해진다.

오랜 세월 형을 아프게 해왔던 세력들이 생각난다. 형이 「한라산」 필화사건으로 구속되었을 때 담당 검사였던 황모 씨(박근혜 정권의 마지막 국무총리)는 형에게 "평생 콩밥을 먹이겠다."고 했단다. 형! 아무리 힘들어도 버텨야 합니다. 그래야 나중에 저들의 무덤에 침이라도 뱉어줄 거 아닙니까!

얼마 전 형의 시집 『악의 평범성』이 나왔다. 부디 이 책은 많이 읽히기를 바라며 형의 지난했던 삶이 스며있는 시 한 편을 가만히 읊어본다.

모든 게 그렇겠지.
이제 패색이 짙은 낙엽처럼 다른 길은 없겠지.
홀로 핀다는 게 얼마나 속절없이 아픈 일인데
아름답기 전에는 아프고 아름다운 뒤에는 슬퍼지겠지.
그대 뒤에서 그대를 은은하게 물들이거나
세상 뒤에서 세상을 은은하게 물들이거나
이기지 않고 짐으로써 세계를 물들이는
그런 저녁노을 같은 것이겠지.
어차피 질 줄 알면서도 좀더 잘 지기 위해
잘 지기 위해 잘 써야지, 거듭 나를 치다가도
이 난공불락의 외로움은 어쩔 수 없어 혼자 중얼거리겠지.

낙, 낙, 나킨온 헤븐스 도어……
낙, 낙, 나킨온 헤븐스 도어……

모든 게 그렇겠지.
아직 다른 길이 없으니 왔던 길 계속 가야겠지.
케테 콜비츠 판화 같은 세상도 여전하고
들판에 하얀 목화꽃이 팡팡 터지는 꿈도 사라지고
이젠 너무 멀리 이송되어 돌아갈 곳도 잊어버리고
방향이 틀리면 속도는 아무 소용도 없어지겠지.
어느날 내가 심해어처럼 베니스에 홀로 누워
마지막 별빛의 조문이 끝날 때마다
속눈썹 같은 물안개로 피어오르던 그대의 가슴에 묻혀
그대의 폐사지 같은 눈빛을 보며 다시 중얼거리겠지.
낙, 낙, 나킨온 헤븐스 도어……
낙, 낙, 나킨온 헤븐스 도어……

이산하, 「베로니카」

'내 운명의 시' 하나

빈 수레는 요란하다. 무한 우주는 엄청난 속도로 확장되고 있지만 조용하다. 소인은 소소한 일 하나 시작하면서도 호들갑이다. 대인은 큰 내를 건너면서도 오히려 고요하다. 오랜 공직생활을 마감하면서도 요란 피우지 않는다. 가까운 사람들도 언제 그런 일이 있었는지 모를 정도다.

하지만 타고난 그릇 무시하고 대인인 척 할 수는 없다. 후회의 탄식으로 삶이 더 쪼그라들 수 있다. 하고 싶은 일, 남 눈치 그만 살피고 그냥 해보는 거다. 소인배라 한들 어떠리?

정년퇴임을 앞두고 계속 되뇌던 고민이다. 벌려? 말어? 친하지만 어려운 친구와 상의했다. 역시 대답이 신중하다. 찬성하지 않는다는 얘기다. 그러다가 마지못해 '정년퇴임인데 뭐 그냥 해봐!' 한다. 그 마음 바뀔까 염려되어 바로 저질렀다.

이 책은 그렇게 기획된 것이다. 마지막 월급으로 뭔가를 하고 싶었다. 망설였던 것은 이미 퇴임 기념으로 다른 책(『우리가 하려고 했던 그 거창한 일들』)을 준비 중이었기 때문이다. '내 인생의 음악'을 모았으니 '내 인생의 시'도 묶고 싶었다. 퇴직의 명분은 지난 책으로 써먹었으니 이번에는 알량하지만 원고료를 지급하는 것으로 하자. 마지막 월급을 원고료로! 그리고 필자도 시인들로 한정시키고.

40년 공직생활을 기념하는 뜻으로 40명의 시인들에게 '내 영혼을 뒤흔든 시' 원고청탁을 했다. 중간에 계산 착오로 한 명이 늘었다. 그러면 결혼 41주년 명분을 걸자. (작은 사람은 무슨 소리 듣게 될까 봐 이렇게 끊임없이 구실을 만들어 간다!)

그렇게 41편의 귀한 글들이 모아졌다. 평소 즐거운 마음으로 사귀던 시인들이 대부분이지만 취지에 공감하여 귀한 원고를 보내준 시인들도 있다. (그래 길은 또 다른 길로 이어진다. 일 벌리니 또 이렇게 소중한 인연 늘리게 된 거 아닌가?)

누구든 영혼을 울린 시 한 편은 있을 것이다. 나에게도 '운명의 시'가 하나 있다.

운명에 버림받고 세상사람들로부터 사랑을 받지 못한 채
나 홀로 나의 버림받은 처지를 한탄할 때,
부질없는 아우성으로 귀먹은 하늘을 괴롭히고
내 자신을 돌아보며 나의 운명을 저주할 때,
희망으로 풍요로운 사람 같이 되기를 바라며
친구들이 많은, 그런 사람 같기를 갈망할 때,
이 사람의 기술을 탐내고 저 사람의 역량을 부러워하며
내가 가장 즐기는 것에도 만족을 느끼지 못할 때,
그러나 이러한 생각들 속에 내 자신을 거의 경멸하다가도
우연히 당신을 생각하면 그 때 나의 처지는

새벽녘에 음울한 대지를 박차고 솟아오르는 종달새 같아

하늘 문가에서 찬양의 노래를 부르노라.

당신의 감미로운 사랑 떠올리면 너무도 풍요로워져

나는 내 자신의 처지를 왕과도 바꾸지 않으련다.

셰익스피어, 「소네트 29번」

　후견인(patron) 혹은 연인에 대한 칭송이 절묘한 수사학을 통해
극적으로 표현된 셰익스피어의 대표적인 소네트다. 내게는 영시에
입문하는 계기를 제공해준, 운명의 시다. 1975년 1월. 대학 1 학년
생활을 마치고 처음으로 새해를 맞이했을 때 일이다.

　누구나와 마찬가지로 대학에 진학하면서 거창한 꿈과 계획들을
세웠다. 허나 사람 사는 것이 꿈대로 계획대로 잘 되던가? 청운의
꿈을 안고 출발한 대학 1학년 한해를 마감하는 마음은 참담함 바
로 그것이었다. 강의에 쫓겨 책 하나 제대로 골라 읽지 못했다, 그
렇다고 절절한 연애를 해본 것도 아니다. 다른 열혈 학생들처럼 사
회정의를 부르짖으며 유신 괴물을 향한 저항에 몸을 내던지지도
못하고, 그냥 어정쩡한 '범생'으로 그 꿈같은 세월을 허송, 보내버
린 것이다.

　그때의 허망함과 답답함은 이루 말할 수가 없었다. 더구나 계열
별 모집이라 전공조차 정해지지 않아 그 초조함은 극에 달했다. 막
연하게 문학을 전공하겠다 했지만 구체적으로 무엇을 어떻게 해나
갈 것인가에 대해서는 아무런 계획도 전망도 없었던 것이다.

　당시 한참 도스토옙스키 문학에 취하고 있어 러시아문학을 전
공하고 싶었지만 관련 학과가 없었다. 실러의 『군도』에 매료되어

독문학을 해볼까 하는 마음도 없지 않았지만 언어가 영 자신이 없었다. 그래 할 수 있는 것이 영문학일 터인데 그때에는 영문학 쪽의 어느 작가나 시인도 짧은 문학 편력의 내 감수성을 유혹하지 못했다. 물론 톨스토이의 소개로 찰스 디킨즈의 『데이비드 코퍼필드』를 읽고 있었지만 '이것이다!' 정도는 아니었다. 흔히들 '영문학의 꽃은 영시다' 했지만 제대로 읽고 나름으로 소화해낸 시작품 하나 없었다. 말하자면 '이것을 전공해야겠구나!' 할 정도의 매력을 느끼지 못하고 엉거주춤한 상태였던 것이다.

한 학기가 지나면 전공을 선택해야 하는데, 이러고 있어서는 안 되겠다는 생각을 하게 된 것은 어쩌면 자연스러운 일이었다. 그래서 청계천 헌 책방을 찾게 되었다. 당시에는 청계천 동대문 운동장 일대에 많은 헌 책방이 늘어서 있었다. 그곳에서 그 유명한 『노튼 엔솔로지』를 한 권 구입했다. 미군들이 보다 버린 합본호였다.

급한 마음에 긴 글은 읽을 수가 없고 짧은 시부터 읽어가기 시작했다. 중세영어로 된 초서의 작품은 처음부터 제외되었다. 지금 생각해보면 르네상스 영시를 '막고 품는' 식으로 읽어 내려가기 시작했던 것 같다. 감동할 준비가 다 되어 있었지만 감동은커녕 이해조차 할 수가 없었다.

거의 보름 정도를 낑낑거렸을 것이다. 셰익스피어의 이 작품과 마주하게 되기까지. 다른 작품과는 달리 이 작품은 쉽게 해득이 되었다. 그 절묘한 수사법도 마음을 동하게 했다.

어찌 되었든 이를 계기로 '나도 시를 공부할 수 있겠구나' 하는 자신감을 얻게 되었고 그래서 나중에 영문과를 택하게 되었다. 영문학 중에서도 셰익스피어는 아니지만 시를 전공하게 된 것도 이

때의 '충격'이 작용하지 않았나 한다. 말하자면 '내 인생의 시'가 된 것이다.

이 책을 준비하면서 시인들 말고 또 다른 소중한 인연들도 챙기게 되었다. 평소 존경하지만 공부 부족한 것이 드러날까 봐 감히 범접하지 못했던 백낙청 선생님과 최원식 선생님.

백낙청 선생님은 내가 대학 들어가자 해직되셨고 석사과정을 마치자 복직하시어 강의를 듣지 못했다. 대학교수가 되어 박사과정을 다닐 때는 비교적 쉬운 과목을 택하느라 피했다. 그런데 박사논문 심사할 때 심사위원도 아닌데 참여하시어 큰 응원을 해주셨다. 그런데도 두려워 먼 산 바라보기만 해왔었다. 며칠을 고민하고 망설이다가 술의 힘을 빌려, 그것도 감히 문자로, 원고 청탁을 드렸는데 선선하게 답을 주셨다. "모처럼의 부탁인데 몇 줄 써봐야지요." 이렇게 그 분을 진짜 은사님으로 모시게 되었다!

최원식 선생님은 30여 년 전 동학농민혁명백주년기념사업을 준비하면서 만나 뵙게 되었다. 그 동안 자주 연락드리지 못해 원고부탁드리길 많이 망설였는데 염치 불구하고 연락 드렸더니 역시흔쾌하게 수락해주셨다. 두 분을 스승과 선배로 다시 모실 수 있게되었으니 덤으로 얻은 보람치고는 매우 큰 것이라 하겠다. 감사하고 감사할 따름이다.

이 책은 한 시인의 운명에 영향을 준 시들과 그 사연들을 모은것이다. 바람이 있다면 이 책을 통해 독자들도 '내 운명의 시'를만났으면 하는 것이다. 여기에 소개되는 작품일 수도 있겠고, 시인들의 절절한 사연을 읽어가다가 갑자기 떠올리게 된 시일 수도 있겠고.

사랑은 헌신의 과정이요 산물이다. 자주 찾아가 땀을 흘려야 지리산도 좋아진다. 애인에게 하듯 정성을 다해야 정말로 좋아하는 시와 만날 수 있다. 그렇게 아끼고 좋아하는 것이 많아야 삶이 풍요로워진다. 그렇게 챙긴 내 인생의 음악, 내 인생의 그림, 내 운명의 영화, 내 영혼의 시 등이 우리들 삶의 고비 고비마다 위로와 응원을 해줄 것이다.

주책없는 청에 기쁜 마음으로 응해주신 마흔한 분 시인들께 다시 한 번 머리 숙여 감사드린다. 귀한 글을 선뜻 써주신 백낙청 선생님과 최원식 선생님께도 심심한 감사의 말씀 드린다.

아무쪼록 이 책속의 시와 사연들이 전대미문의 범세계적 재난을 헤쳐나가는데 작은 위로라도 되었으면 하는 마음 간절하다. '시가 인생을 좀 더 견딜만하게 해준다!' 했으니.

2021년 여름
화양모재에서
이종민

내 영혼을 뒤흔든 41편의 시

그 시를 읽고 나는 시인이 되었네

1판 1쇄 펴낸 날 2021년 8월 30일
1판 4쇄 펴낸 날 2024년 6월 20일

지은이 김용택 정호승 안도현 나희덕 외
엮은이 이종민
펴낸이 김완준

펴낸곳 모악

출판등록 2016년 1월 21일 제2016-000004호
이메일 moakbooks@daum.net

ISBN 979-11-88071-34-0 03810

* 이 책의 내용을 재사용하려면 모악의 서면 동의를 받아야 합니다.

값 13,000원